真理探究者たち

ある日本人の対話と省察

竹内楠三＝著
岩下眞好＝監訳

慶應義塾大学出版会

X. Takeutschi
Die Wahrheitssucher
Gespräche und Betrachtungen eines Japaners

目次

序

ここに、著者の遺稿から世に供されることとなった本書は、生前日本を一度としてでたことがなく、ドイツを一度として目にすることのなかった日本人によってドイツ語で書かれたものである。この驚くべき事実だけでも、著者とその作品についていくらか述べる理由として十分だろう。

竹内楠三は一八六八年五月十七日、伊勢地方のある村に農家の息子として生まれた。伊勢大神宮の社から遠からぬ場所である。両親が裕福でなかったため、勤勉で向学心に燃えた少年は、早い時期に、厳しい労働と窮乏生活を知ることになる。より高度な教育への衝動を感じた彼は故郷の国民学校を去り、山田にあった神道の教団に入団する。神道は日本古来の祖国・祖先崇拝であり、長い間仏教によって排斥されていたが、竹内の生年である一八六八年に始まる明治の時代に再び国教へと昇格した。この教団で彼が学んだのは日本文献学、中国文献学、歴史、神話であった。一八八五年東京へと出てきた竹内はミッション・スクールの青山学院でキリスト教、倫理学、心理学に触れる。しかし型通りの授業に満足せず、卒業試験を前にして学院を去る。伝えられたところによると、その際彼は学長に対して自らの考えを堂々と述べたという。「私は人間としてのキリストを信じているのであって、神の子を信じているわけではないのです。」この告白は本書において交わされる会話の中にも見出されるだろう。

竹内は熱心に独学を重ね、ドイツ語、英語、フランス語、ラテン語の豊富な知識を獲得する。ジャーナリスト、作家、教師として彼はわずかな生活費を稼いだ。雑誌『日本主義』の編集人となり、倫理学、心理学、哲学についての小さな論文を執筆した。むろんその理論を臨床的に試すことはなかったが、メスメリズムを最初に日本に紹介したのは彼であり、これについて扱った書物も何冊か刊行した。これらの仕事、とりわけ一定の物議をかもしたメスマーの動物磁気療法についての仕事も、彼に外面的な成功をもたらしたに過ぎない。その他の論文も多くの賞賛は得たものの、収入はわずかなものでしかなかった。一八九六年〔実際には一八九七年〕に刊行された雑誌は間もなく廃刊、比較的大きな書物も版を重ねることはなかった。この独学者にはおおよそ商才というべきものが全くもって欠けており、また社交的にあまりに不器用であったがために、彼に好意的な幾人かの大学教授との交友関係を利用することができなかった。

ドイツ語とフランス語の勉学を続けた竹内は語学教師になり、一八九一年頃にはそれらの教室を開設することができた。一九一五年、東京から大阪へと移り、この地で新たに哲学の講座も開く。一八九七年以来、彼は、ヨーロッパの知識人に自身の思想を伝えようと、自らの哲学的見解を体系的な形で、しかもドイツ語かフランス語で書き記す計画を、すでに抱いていた。ルドルフ・オイケンの来日が大戦の影響で実現しなかったことは、竹内を最も失望させた事柄の一つである。オイケンの哲学に対して一連の命題を措定していた彼は、胸に抱いていた最も重要な争点について、このドイツの知識人と面と向かって討議することを望んでいたのである。戦後〔第一次世界大戦後〕、彼はついに自らの思想を長編小説の形で表そうと決心する。

このため一九二〇年に教育活動から退き、東京に小さな仕事部屋を借りた彼は、いまや、自らの人生知がこめられるべき作品の執筆にとりかかった。しかし上顎癌に冒され、一九二一年三月九日、作品を完成させることなくこの世を去る。

死の床にある竹内からその著作の出版を託されていた友人の一人、おそらく彼と最も親しかった友人が、この数奇な男の人生について多くのことを語ってくれた。彼は竹内の几帳面さ、秩序に対する著しい愛着を褒め称えているが、思うにそれは、些事にもこだわる学者風態度と、必ずしもかけ離れたものではなかった。友人へのある報告の中で竹内自ら、小説を執筆している時期の彼の一日の生活について物語っている。「早朝五時に起きて、書き始め、覚書をとる。それから部屋を片づけて六時半に風呂に入る。その後、半時間ほど〔湯島〕天神の境内を散歩して、戻ったら朝食。しばし新聞をぱらぱらとめくってから再び小説の執筆に取り掛かる。十二時に昼食をとる。それから椅子にもたれて休憩するのだが、ときどき軽めの本を手にとって読むこともある。一時半からまた仕事を続ける。五時になったら夕食をとって、それから暗くなるまで待つ。暗くなったら池之端〔の不忍池〕へと出かける。観月橋まで来て、さらに上野公園の方へ向かって歩いていって、ゆっくりと木々の間を進む。静かな夜陰で鳴くふくろう、奥深い森に響き渡る美しい鐘の音。最高の気分になって、考えに深く沈潜しながらゆっくり一歩ずつ家に戻る。帰宅したのち十時頃まで、仕事をするか、再度清書するかする。その後横になり、十一時まで、たとえばゲーテとかニーチェの作品を読んで、それから眠り込む。これが僕の一日だ。」

ゲーテとニーチェ、この名前は、その他少なからぬドイツの哲学者の名とともに、繰り返し本書に登場する。友人は、「竹内は小説を執筆している間、もっぱらドイツ語の本ばかり読んでいた。いやそれどころか彼は、自分が正真正銘ドイツで生活しているのだと、自分自身と他人に思わせようとさえしていた」と断言しているが、信用していいだろう。竹内は作品の中で、なぜ彼がドイツ語で書かねばならなかったかを説明している。古い日本の文語は、柔軟性に欠け、西洋の諸理念や現代人の繊細な感情を表現するには十分でない。また一八九〇年頃導入された、口語と文語を統一する文体である言文一致体も、哲学的な思考過程を再現するとなると不十分である。それに適った道具はヨーロッパ言語でしかないと考えていた竹内は、それゆえに、日本人は自国の日常語の他に、偉大な世界言語をもう一つ、精神的な母語としてきわめるべきであると主張している。

これが竹内自身のドイツ語においてどの程度まで成功しているかは、彼の小説を読めば分かる——ただしこの作品を小説と呼びたいならばの話であるが。竹内自身も、小説と称しているし、当初は小説風の題名『森の中の光』を考えてもいた。無論この作品は、小説という芸術形式に対する我々の文学上の要求を満たすものではない。ただ人々を会話へと引き合わせるためだけに存在するに過ぎないストーリーの糸の張り方が、あまりにしまりがなさ過ぎるのである。しかしこれらの会話は、かなりの力で我々読者を引きつけるし、また、現代日本の精神を伝える記録として、歴史的な価値を有するものでもある。ここで議論されているのは、政治の問題、教育の問題、国民経済の問題、そしてとりわけ哲学の問題である。学者、政治家、芸術家が語り合い、そして彼らの背後に、すべての人々を超越した謎に満ちた森田という人物が、すなわち、作者にとっての理想像である哲人、真理探究者が屹立している。読者は、これらの会話や小さな場面のいたるところで作者竹内自らの経験を見て取ることができるだろう。最もはっきりとした造形が与えられている人物の一人、魅力的な女優明野ミツが小説の中で行なっているように、竹内自身、少しばかり強調して述べるならば、日本の演劇や劇場の近代化を支持していたのである。彼は自らも、独学者の熱狂でもって劇音楽を研究し、重要な楽器の改良を手がけ、また俳優の教育を要求した。政治家、教育者とともに、俳優が持つ重要な意味については小説の中で語られている。

哲学者として竹内は単なる哲学体系の研究というものに反発した。そしてこのことは彼自身の思想の移り変わりとも対応している。というのも、彼の友人が確言したところによると、竹内が、一人の教師、あるいは一冊の書物の権威を盲目的に承認することはけっしてなかったからである。彼にとって、作品の主人公である真理探究者森田は、懐疑に絡み取られてしまったままであったとされるカント、ヘーゲル、ショーペンハウアー、そしてニーチェを超越した存在である。

戦争それ自体と戦うのではなく、人類の理想に与《くみ》して、あらゆる国家的エゴイズムに抵抗する平和主義、人格の最高度の形成を求める教育への傾倒、ヨーロッパ流儀の単なる猿真似に対する、そしてまた、古い日本の慣習への偏狭な固執に対する反発、竹内の小説にみられるこれらの点、そしてその他多くの点に、精神の能動性が表われている。これこそは、あらゆる強固な民族固有の特色にもかかわらず、むしろ我々西洋人の本質と親和性があるようにみえる。ここにあるのは、我々がインドや中国の古い文化において見出すような東洋ではなく、東方の進歩の国、再び蘇った強い国民意識と西洋文化による精神的征服とを一つに結びつけた近代的な明治日本である。この精神の漁網が、西洋的教養の宝の広大な海に、どれほど深く沈みこんでいるか、この点についての正しい理解を得るのは、我々、すなわち西洋諸民族にとっては通常困難である。竹内の作品は、我々の哲学が極東の国の人々をいかに強く揺さぶったかを示し、西洋の個人主義と東洋の集団主義的世界観との激しいぶつかり合いを雄弁に証言している。そして結局は日本における問題それ自体を投げかけているのである。日本の精通者にして友人は（この高度に洗練された民族を知る者は、その友人とならずにはいられないのである）、この問題が解決できるものなのか、不安な心持で気にかけている。問題とはこうである。二つの世界観は調和しうるのか、それともそれらはけっして混ぜ合わさることのない水と油なのか。そしてもし調和が不可能であるとすれば勝利を収めるのはどちらの世界観なのか。竹内は我々読者をこのような考えが鍛え上げられている工場へと導く。

そして、この詩人にして哲学者が一人さびしく孤独な高みにいたというわけではないこと、むしろ同様の諸思潮が、多くの日本人の思想的重荷を背負っていたということ、これを示す証拠は十分にある。私の手元に二つの論文がある。これらは、一九二二年三月、東京において士官学校の二年生によってドイツ語で、そして実際にドイツ語の文字で書かれたものである。人間の生の目的がテーマであり、若い士官候補生たちはこれについての意見を求められている。そのうちの一人は、我々をある夕暮れ、彼の故郷の丘へと導く。そこで彼は沈みゆく太陽を憂鬱な心持で眺めているうちに究極的な事柄についての瞑想へと目覚める。

「死とは何か。存在それ自体とは一体何なのか。このような世界の謎、我々が、伝統や慣習の覆いによって密に包まれながら、日々全く無関心にも目にしているこの謎は何を意味しているのか。従って心の真の奥底からこれを問うことは、理性的な人間が、金を得るための日常のせわしない労働から数時間解放され、慣習という覆いを引き裂きながら、直接に己《おのれ》の最も深き心の奥底を覗き込むときに初めて可能となる。ショーペンハウアーは人間のことをいたずらにanimal metaphysicum（形而上学的動物）と呼んだのではなかった。動物の落ち着いた眼差しからは、母なる自然のまばゆいばかりの英知が輝きでている。しかし人間の落ち着きを失った眼差からは、生や死、そして存在への問いが語りだす。特に、我々を形而上学的思考へと極限まで駆り立てるのは、死という過酷な事実である。死とは何か。死後はどうなるのか。これらの問いを心の底から発したとき、我々を襲う戦慄たるやどれほどのものであろう。この戦慄、そしてこの動揺から自らを解放するために、人は魂の不滅または死後の生に思いを致し、あるいはそれどころか、この現象の世界を飛び越え、根本的な、不変の、永遠の世界を探し求めようと大いに努めてさえいる。プラトンにおけるイデアの世界、ブッダにおける涅槃、イエス・キリストにおける楽園、カントにおける物自体、これらすべては、結局のところ人間に本来的に備わるあこがれを指し示しているのだ。ゲーテの美しい詩〔『穏和なるクセーニエ』〕が語っているのはこのことである。

〝何が起ころうとも
過ぎ行くものはなし
己を不朽とすべく
我らここにあり〟」

そして、こうした考えをあざ笑う功利主義信奉者に対する論争的な余論のあと、著者はもう一度問う。「生の意味とは何か。それは、とてつもない困難と苦痛との不断の闘いであると私は信じる。苦痛をはらんだ生という点では私は厭世家と考えを一にする。最も勇敢かつ最も誠実な真の哲学者ショーペンハウアーが、唯一とることができたのは、誠にもって厭世主義の険しい道のりだけであった。生について本気で考える者は、いつか必ず、生の心揺さぶる呼び声に強くとらえられるであろう。しかし驚くべきことに、通常そうした者は何かに救いを求める（それが「生への意志」の発現であるのかどうかは、誰が知ろう）。ニーチェが〝超人〟にそれを見出し、トルストイが〝愛〟にそれを求めたように。そして彼は生の勇敢なる軍人となるのである。そうだ、いうまでもなく生は苦痛と悲しみに満ち溢れている。しかし、この苦しみに満ちた生を無に帰せしめ、欲望、苦痛から解放された美的瞑想の世界に、より幸福な生を見出すべきだとする厭世家には、勇気までもが欠けてしまっている。生の苦痛が大きければ大きいほど、それはよりいっそう担うに値するものとなる。喜びや幸福が結局のところ主観的で相対的なものに過ぎないのだとすれば、それらは対立物、すなわち苦痛や不幸によってのみ得られるのである。〝苦悩をとおしての喜び〟、ベートーヴェンが述べているように唯一それのみが、真の喜びなのである。従って最大の幸福なのである。どのようにすればそのような喜びや幸福を獲得することができるか。答えは唯一つである。生をできる限り強く、そして深く生きよ、汝の生のすべての瞬間を勤勉と活動につぎ込め。勤勉と活動は、それ自体ですでに苦痛の克服である。すなわち〝苦悩をとおしての喜び〟なのである。外面的な成功や不成功などもはや問題ではない。これが私のモットーである。日々このモットーに従って生きていけば、人生の最後にニーチェとともに大きな声で叫ぶことができる。〝これこそが生というものなのか！　ああ、今一度生を！〟」。そしてこの夜の瞑想はまるで賛歌であるかのごとく星々への祈りでもって終わる。「神よ！　星々よ！――ああ、永遠よ！」

ゲーテ、カント、ショーペンハウアー、ニーチェ。日本の士官候補生の論文にこれらの名前が登場しようとは思いもよらなかったであろう。この論文はまるで、竹内が響かせた叫びのこだまのようである。そしてこのこだまが、哲学や真理探究とは全く別の領域から反響しているということが、現代日本の精神を認識する上での、この論文の意義をよりいっそう大きなものにしている。
最後に、本書の出版に深く関わり、竹内の精神的遺産がその恩恵を被るお二方のお名前を挙げておきたい。一人は日本人、もう一人はドイツ人である。服部氏（竹内と最も親しかった友人のお名前である）は亡き友の希望をかなえ、彼の作品を同時代の人々に伝えるため、労を厭われなかった。プラウト氏は、日本を最もよく知るドイツ人の一人であり、新旧の日本に幅広く精通しておられる。竹内による元の原稿に目をとおし、独学者にとっては避けがたい文体上および構成上の弱点を彫琢してくださった氏のおかげで、作品の記録的価値が浮き彫りになった。

一九二二年春　東京にて

ヴィルヘルム・ゾルフ

竹内楠三　著

真理探究者たち

ある日本人の対話と省察

岩下眞好 監訳

X. Takeutschi

DIE WAHRHEITSSUCHER

Gespräche und Betrachtungen eines Japaners

第一章

鎌倉の黄金色に染まった浜辺から、丘陵の連なりが広い海へと西からの強風をさえぎるように伸びている。波が、飯島岬の鋭い岸壁に打ち寄せては泡立ち跳ね返る。なかでもひときわ急峻にそびえ立っているのが霊山《りょうぜん》の丘陵で、そこにある大きな松林では、風が砕け散る波に競い合うように歌っている。その丘は湾に沿って伸び、村落と聖地を取り囲んでいる。聖地とは、過去の栄光の残骸のことであり、そこにはかつて国の中心となる都があった。今、この場所には、遠からぬところにある現在の帝都であり国際都市でもある町から来た金持ちたちの別荘と、農民たちの小さな田地がある。

米が収穫の時期を迎えていた。雲一つない空に沈みゆく夕日が、遥か遠くに仙境の気色のようにそびえ立つ壮麗な富士山へと近づいていた。静寂が大地と海とを包み、ある晩夏の日曜日が終わろうとしていた。辺りには音もなく、街道には人もおらず、近くの田圃《たんぼ》にはただ農夫が二人いるだけだった。彼らは親子であり、四十歳ほどの父親はたくましく、熱心に仕事に精を出していた。その一方で十五歳ほどの若者の方は、仕事に対して身が入っていないという様子である。実際に彼は、加藤君のように自分が中等学校へ通うことを父が許してくれたら事《こと》はちがっていたのになぁと、そう心中で思っていた。子供たちをちっぽけな農民よりもましなものにするのに十分なほどの金を持っているにもかかわらず、頑固で冷酷な父は、いつも重箱の隅をつついては叱りつけようとしている。ああ、俺は自分の義務をきちんと果たしてはいないというのだろうか。子供にとって良いことなのかを考えずに勝手に産んだのだから、むしろ子供に対する両親の義務というものがあるのではないか。彼は機械的に手を動かして稲穂を刈り取りながら、あれこれ考えを廻らせて思い悩んでいた。

田圃の隣の道からこちらへやってくる人たちがいた。門の向こうの松林の中、霊山の中腹辺りに二軒の家が建っていた。一軒は現代的でヨーロッパ風、石造りで三階までツタに覆われており、もう一軒は古風なわら屋根の木造二階建てで、日本人の良い趣味に合致している。坂のふもとの木の門も簡素で美しく、そこには警備員の住むわら造りの小屋がある。これらの建物は長年ずっとそこにあるにもかかわらず、その地の人々は家主が誰であるのか知らなかった。

「生こそ芸術です！　これこそ最高の知恵ではありませんか、先生。」二五歳にも満たないようにみえる女性が、彼女より十歳は年上であろう連れの男に向かって言った。彼はそれに答えずに、すばらしい夕日が沈みゆく光景を凝視していた。そのうち二人はさらに歩み始めた。長身ながら細身で、ヨーロッパ風の服装をして彼女と並んで歩いていたその男が、よく響く声で沈黙を破ると、彼女の大きく表情豊かな瞳が彼に向けられた。

「確かに、明野さん、そうに違いない。少なくとも、あなたは偉大な芸術家としてそう考えなければいけないでしょう。私たちの生は、芸術のように終わりなく進歩を続けるでしょうし、芸術の場合のようにこの進歩の各段階で私たちはそれを取り込んでいくことができるようでなければいけません。およそあなたにとっては、精神というものが芸術のための前段階であると同時に、生のための前段階としても存在しているということになりますね……。このことはまさに、私がいつもあなたの演奏を聴き、お芝居を見るにつけ賞賛していることです。先日、中央劇場で新たに上演された『お初狂乱』も最高でした。真の芸術家というものは、あなたのようでなくてはいけません！」

彼女は顔を赤らめながら微笑み、言葉を返した。

「いいえ、それは違います。確かにわたくしは努力しています、しかし……」

「意思があるところに道もまたあるのです」と、石田教授はすぐに言葉を挟んだ。

「あなたはきっとこれから大きな成功を手にするでしょう、ミツさん。がんばってください！……私はあなたと一緒に東京まで戻りたいのですが、残念ながら今から稲村ヶ崎の向こう側に住んでいる友人を訪ねなければならないのです。二、三日後に三原氏の所でお会いしましょう。そのときまで！」

「それではさようなら、先生。」石田が浜へと下っていく間に、ミツは街道へと近づいていった。そこには彼女を鎌倉駅へと送っていくための車が待機していた。

再び街道には人がいなくなり、先ほどの二人の農夫だけが田圃にいた。父は稲穂をひたすら切りながら、豊かな収穫を喜んでいた。「何という幸福だろう」彼は息子に向かって言った。「この田圃だけで十石以上の収穫がある。私がまだお前と同じくらいの歳の頃は一石で十円程度だったが、今や一石五十円で、この畑で五百円かそこらになる。何という豊かさだろう！」返事はなかった。仕事の手を休めると、遠くを見つめている息子の姿が目に入った。「お前は何を考えているんだ。真面目にやれ。夜までには終えないといけないんだ。霊山の上の方の別荘に住む人やそこに来る客たちのような日曜日は、俺たちにはないんだ。あの人らがどんな人たちかは知らんがね！」若者は再び身をかがめて鎌を使った。しかし、彼は田圃の脇を通り過ぎたあの二人のことを考えていた。先ほどの光景は、自分が一人ぼっちで見捨てられているのだという気持ちを、彼に呼び覚ました。太陽は深く沈み、カラスが森のほうへ飛んで行き、ただコオロギが夜になるまでひっきりなしに鳴き続けるだけだった。

第二章

斉藤昇博士は改革党の総裁である。大学を卒業後、法律学と社会政策学の研究に磨きをかけるため、ドイツ、フランス、そしてイギリスへと数年間留学した。帰国後、東京で二十年間弁護士として活動し、特に刑事訴訟の分野における活躍でその名を轟かせていたが、同時に政治家としても頭角を現し、改革理論の最も熱心で理知的な闘士として多くの同士たちの信頼を勝ち取った。彼らは新党を立ち上げ、斉藤をその総裁に据えた。議会に占める議員数はまだ比較的少ないが、社会的影響力の強い教養のある人々で構成されているため、改革党は他の政党から抜きんでた注目を集める存在である。人々からの高い関心に勇気づけられ、斉藤は次の総選挙で総議席の過半数を獲得し、理想的な改革派内閣を樹立することさえ望むようになっている。諸外国の進歩の模様を観察することによって、彼は自分の考えを深めることに余念がなかった。そのため自ら進んで五年に一度ヨーロッパやアメリカへ赴いただけでなく、友人や党員とともに専門家たちを自宅に招いて、様々な分野について定期的に議論を重ねている。

斉藤は帝国大学からほど近い、静かな郊外に住んでいた。駒込通りにある、美しい古木に囲まれた、広いヨーロッパ風の邸宅である。ある晩秋の夕方、いつもはこの辺りを支配している静けさが、自動車のクラクションによって破られた。それらの車は客たちを自宅へと送るために、斉藤博士の家の門から通りへと出てきたものだった。客たちは、学校制度の問題について議論するために招待されていた人々だった。後には四人の最も親密な仲間が残っていた。

「これで、やっと私たちだけになったので、忌憚なく話すことができます」と、他の客たちを送り出して戻ってきた斉藤が言う。

「ええ、それを待ってたんですよ。」四十歳くらいの男が活き活きと話に加わった。「今日ここにいて、もう帰ってしまった人々のうち何人かは未だに、軍事力の低下が自国の危険につながるといった考え方や、国家のエゴイズムは絶対的な真理に他ならないといった考え方など、古くさい意見を持っていました。今日の日本の現状を考えれば、そのような政治家たちの考えを、根本的に変革することがまず第一に必要なのです。」斉藤は黙ってうなずいて、ただ微笑むだけだった。

「なぁ、加納さん」と、暖炉のそばに立っていた、幾分年をとった肉付きのいい男が応じた。銀行の頭取である。「おたくの新聞の中で、あなたは一貫して熱心に軍備縮小を支持しておられるが、本当に武力が余計なものであると信じているのですか。」

加納が反論して言うには、「そうです、文明化されていない諸民族からの攻撃に対する防衛の目的のもの以外は全く余計です。なぜなら、文明国同士の間では、あらゆる正当な要求は、平和的かつ理性的な手段によって達成されるはずだからです。」

富田頭取が言葉を差し挟んだ。「しかし、友好的な手段では目的を達成できないケースはないのですか。」

加納は答える。「そのようなケースで、もし各々が目的を遂げようとするならば、すべての強国との戦争を遂行し、最終的に勝利するまで戦い続けられるほどの軍備が必要です。しかし、それはどの民族にもできないことですし、またもしそうでないとすると戦争はその目的を失ってしまいます。ですが、私が反対するのは、戦争そのものに対してではなく、戦争のきっかけになりうる国家のエゴイズムに対してなのです。人々は前提として国家のエゴイズムを捨て、代わりに人間主義を掲げるべきです。そうすれば、戦争は直ちに絶対的な悪として認識されるに違いありません。この人間主義を旗幟鮮明にできるほど、人間は今日すでに十分進歩したはずです。かつて人間は、その存在に自然に与えられた制約として国家への統合を要求されていました。しかし今や、人間の知性と諸力が進化した結果、これらの制約は大部分退けられてしまっているので、人類はあらゆる国境を越えて発展することを始めたのです。その結果、もはや文明化された人々は今日ほとんど超国家的存在と呼べるまでになりました。彼らの生活は主として、普遍的な、単なる人間たちの社会の中で一般的な形で営まれているので、国家といえども彼らを国境によって制約してはならないのです。そうはいっても、今日まだ少なからぬ面において、国家的あるいは地域的な統合が人間の存在にとって不可欠であったり役に立ったりする場合はあります。しかし、その限りにおいて国家は正当性を持っているだけなのであって、それ以上のものではないのです。ただ国家自身の利害に奉仕するために、数え切れないほどの人々の生命を奪い、人間社会全体に重大な損失をもたらす戦争を行なうことを、国家は許されていないのです。あなたの意見もそうではないのですか、富田さん。」

「全くそのとおりです！」彼はそう賛同し、続けた。「そして私はさらに、国内政治は、まず第一に産業を繁栄させることに向けられていなければならないものと推察します。」

この会話を注意深く聞いていた斉藤も、賛成の意を示した。しかし、国民経済学の教授である津田博士は、その考え方に対して部分的にしか同意していないようだった。「商業、工業、農業の発展はもちろん大切です。しかし、根本的には最も大切というわけではありません。むしろ、人間としての個々の自覚的な成長が最も大切なのです。それこそが国家の究極的な目的であり、それを最高のレベルまで実現させた国家こそ、最高の国家といえるのです。産業の発展はその付随現象以上のものではありません。残念ながら、わが民族はこうした根本の前提を欠いているので、実際に商工業の真の発展は起こらず、そのため私たち日本人は外国人から軽蔑されたり、何やかんやと言われているのです。ただ潤沢に資本を蓄積しさえすれば産業が発展するに違いないと考えたり、軍事力が強大でありさえすれば、国家の名声は十分に得られると考えたりすることは、大きな間違いです。むしろ実際には、国家の名声は個々の国民の自覚的な人間としての成長と同時に向上していくものなのです。もし我々日本人にいくつもの視点で欠けているものがあるとするならば、それは我が民族がまだこの成長の低い段階にしか到達していないからなのです。」

「ああ」と、富田は口を差し挟む。「話が複雑過ぎますね！」

しかし斉藤は真面目な調子を崩さずに述べた。「津田氏が述べたことは真実です。」

そして、静かに話を続けた。「私たちのすべての計画、とりわけ私たちの党の基本原則は、あらゆる点での改革を目標とするものですが、私たちはそれをかの根本理念の上に築かなければなりません。なぜなら、国家を統治することは、その民族をこの理念に基づいて発展させることを意味し、政治家であるということは、言葉の最も高度な意味において、民族の教育者であるということを意味するからです。」

「津田君」と、斉藤は微笑みながら述べた。「でもそのことは、政党における基本原則として現実に通用させるには、ちょっと哲学的過ぎやしませんか。」

「我が政党の唯一の目的は、すでにその名が示すとおり、全面的な社会改革である。違いますか。」津田がこう問う。

「もちろんです」と、斉藤が答えた。

津田は次のように反論した。「改革のために人はどうしても、物事の基準として用いられるべき理想を必要とするのです。理想なくして改革なし。哲学なくして理想なし。つまり、哲学的な道筋を示さなければ、改革政党とはいえません。」

「統治の基準となるもの」と、斉藤が言った。「それは、時代精神であって、哲学的な理想ではないのです。すべて個人は、自分のために理想を心に思い描くものです。しかし、私たちは実務を行なう政治家として、時代精神に従うことが要求されているのです。なぜなら、社会を導くためには、現在の国民全体の考えや感情、願望が志向しているその方向に従わなければならないからです。私たちは、人間社会のあらゆる面での改革を実現するために努力しています。しかしそれは声高に述べられているか否かは別としてただ時代精神がその改革を必要としている限りにおいてです。それゆえに、私たちにとって大切なことはこの時代の精神を見抜くことであり、哲学的な理想を打ち立てることではありません。」

津田は、この斉藤党首の回答に全く満足していなかった。「あなたは、時代精神が統治基準として十分なものであるとおっしゃっているが、そのことは非常に疑わしい。なぜなら、時代精神とはある一つの時代の優勢な考え、感情、願望の単なる合計でしかなく、そこでは、数の面で劣る教養人のより良質な精神活動が、その背後にいる多数を占める大衆のより粗野な精神活動によって押しのけられてしまっています。いわゆる時代精神は、けっしてある世代の最高の精神活動を表すものではなく、それゆえに我々の政治上の仕事の基準にもなりえません。我々がこの仕事のために必要としているのは、我々を導く基本思想としての理想なのです。我々が時代精神をできる限り正確に観察し、見抜くよう努めなければならないというのは確かです。しかしそれはこの時代精神に従うためにではなく、それをより正しく善い方向へと導くために、です。」

斉藤氏はまだ、自分が思う時代精神は、一般大衆の主要な精神活動の単なる合計ではけっしてないという旨の反論をするつもりだった。しかしその前に、今まで黙って耳を傾けていた国会議員の秋間が議論に口を挟んだ。「個々人は、その短い生命とともにつねに入れ替わるものだが、人類そのものは中断や終焉なしにさらに生き続けます。人類は、知りえもしない遥か太古より存在し、これからも永遠に存続していくことでしょう。個々の人間が各々の精神を持つように、人類もまた、そのように世代を超えて引き継がれ続けていく精神を持っているのです。私はそれを人類精神と呼びます。個々の精神は個人とともに生まれたり消えたりしますが、人類精神は人類とともに太古より生まれ、そのとき以来絶え間なく経験を蓄積しています。だからこそ、その驚くべき進化が、我々の時代に生きる人々の中に表われているのです。そして人類精神は未来へも駆け上がっていくことでしょう。あらゆる時代のあらゆる個人の意識の中に、人類精神は小さく不完全な断片としてのみ反映されていますが、その間にも、発散される人類精神の総体は潜在意識の奥底に眠っており、そこからひそかに作用したり、時折突然はっきりと姿を現したりするのです。時代と場所は、この人類精神に何らかの性格的な特性を与えるものです。ある地域の特徴が現れれば、人はそれを民族精神と呼び、一方で……」

「なるほど、そのとおりだ」と、斉藤が遮った。秋間の回答をとおして、自身のぼんやりした考えが突然はっきりとした形を取り始めたからだった。「人類精神がある時代の特徴を示すときに、私たちはそれを、私が先ほど述べた時代精神と呼ぶわけですね。しかし、私たちがすでに知っているように、ほとんどすべての地域的な制約がなくなり、すべての教養ある諸民族が純粋に人類としてまとまって生活するときには、あの民族精神と呼ばれるものは素早く消滅し、その時代の特徴を反映した共通の普遍的な時代精神だけが残ることになります。文明化された諸民族においては、時代精神は、まるでそれ自らが考えを述べているかのように、世論や常識の形で表われます。それに従って、すなわち私たちはこの時代精神に従って人間社会を統治しなければならないと、私は考えます。」

津田教授は、人類精神に関する秋間議員の議論を論駁したいがために、斉藤の発言の終わりをほとんど待つことができなかった。

「そもそも」と、彼は素早く口を挟んだ。「あなたの言うところの人類精神とは、本当に抽象理念とは違う何物かなのですか。」彼は、明らかに自分の意見を徹底的に表明したがっていたが、そのときメイドがコーヒーを持って部屋に入ってきたのに気づいた。彼は「もう遅くなりましたかね」と言って、時計を見た。「では、この議論の続きはまたの機会にしましょう。」人々はまだ少しの間あれこれ雑談をしていた。加納が話を元に戻して、冗談めかしてこう言った。「私には、秋間さんの言う人類精神が、コントの〝ユマニテ〟とヘーゲルの〝客観精神〟が合わさった奇妙なもののように思える。秋間さん、実証主義者のように、あなたも人類精神教を崇拝するために捧げる教会を建てるつもりではないのですか。」皆は笑いながら別れの挨拶をした。

上野公園からは、寺の鐘の音が、鈍くこちらへと響いていた。

第三章

桜が咲く頃、隅田川の東岸にある向島ほどに人で埋め尽くされる場所は、東京中でどこにもない。しかし晩秋の今日は、木々は枯れ、陽はとっくに沈み、桜並木はいっそう侘しい。なぜなら、川の向こう側、浅草の歓楽街から明かりがちらちらとこちら側に届いているからである。その明かりは、深夜にやっと消える。

三人の労働者が、こちらへ談笑しながらやって来る。そのうちの一人が言う。「おい、今日はもう一度あそこへ行こうじゃないか。ほら、この前行ったところだよ。」

「今日はもう十分だよ！」と、もう一人は断った。

「そんなばかな！　たくさん稼いだんだし、たっぷり楽しもうぜ。」

「ところで、トラ公」と、三人目の男が一人目の庭師の男に向かって言った。「あっち側の木が茂っている所の下に、たくさん明かりが輝いている洒落たお屋敷があるけど、あそこが最近お前が働いていた所じゃないのか。あの家の持ち主は美人といううわさじゃないか。お前その女性《ひと》を一目見ることができたのかい。」

「そうさ」と、彼は急に様子が変わって、全く冷静に真面目になって答えた。「時々庭に出てくるんだ。本当に美しい女性《ひと》だ。全くえも言えぬ美しさだ。ほとんど人間じゃない。神々しいばかりだ。俺は庭師として多くの立派な家に行ったことはあるが、あれほど高貴で崇高な御人はかつて見たことがなかった。」

二人目が驚いて叫んだ。「こいつは驚いた。おいトラ公、いつもは厚かましいやつなのに、まるで人が変わっちまった！」

「年齢《とし》は一体いくつくらいなんだ。」三人目が尋ねた。

「だいたい三十歳くらいということだが、二四、五に見える。」

「独り身なのか。」

「聞くところによると、結婚する気がないらしい。二、三年前ヨーロッパから帰ってきて以来、あの家に年取った召使いと何人かのお手伝いさんと住んでいる。おまけに、女生徒も数人住まわせている。」

「すると、きっと彼女はかなりの金持ちなんだろう。しかし、一体何をしているんだろう。」

「俺はただ、ほとんど毎日車で出かけているということしか知らない。女優だという噂だ!」

「なに、女優だって?」他の二人が驚いて叫んだ。そうこうするうちに彼らは飲み屋に到着した。「真面目な話をしたら喉が渇いたな。」一人目の男がそう言って、皆はその中に入っていった。


この女性、明野ミツの父親である明野稔は、東京郊外の王子にある大きな印刷所の持ち主である。市議会議員としてかなりの影響力を保持しており、その経歴にしてからが興味深く注目すべきものだった。商科大学を卒業後、数年間商社で働いていた。しかし、以前より活版印刷術に興味を持ち続けており、自分の考えを実行に移すべく独立して、父の遺産を用いて印刷所を設立した。それはすぐに大きな成長を遂げることになった。

彼が考えるに、人類にとって必要あるいは有用なすべての事業は、特別な倫理的価値と、それゆえの正当性を持っている。しかし、それに加え事業者もまた、まず何よりも、事業それ自体への客観的な興味のために活動を行なわなければならない。そうでないと、事業者はそれ自身何の倫理的な価値を持ち合わせてはいないことになる。ただ利潤の追求という目的のためだけに企てられた事業は、最終的には社会を害することになるに違いない。これに対して、いわゆる倫理に適った事業から得られる利潤は、正当な報酬と見なされうるのである。

しかし、明野氏が印刷所の設立を決めたのは、単に以前から個人的に興味を持っていたという理由からだけではなかった。こうしたやり方を通じて同時に、日本民族の精神的な発展を最も促進することができるとも信じていたのだ。彼はこの目的のために、精神生活の発展に役立たないすべての印刷を設立当初から断り、さらにアルファベットによる印刷だけに制限したのである。それに加えて、自身の権利と義務の考え方と一致する特別な規定を作った。今日、産業において、特に日本の産業において立ち現れるすべての困難は、およそ以下のことに原因があると彼は考えた。一つには事業者があまりに多くの利潤を求めようとし、賃金労働者をその目的のための手段としか見ないということである。そのことによって労働者に自ずと怒りや敵意が生じる。もう一つは、労働者が自分に必要な精神的な素養や知識を身につけておらず、ほとんど道徳的に未熟なうえに、つねに不安定な経済状況にあるということである。しかし、この二つのことの原因はまたもや、事業者の人格的な水準の低さに求めることができる。なぜなら、労働者の人格は特に日本ではまだ十分に発達しておらず、それゆえに事業者の側によりいっそうの責任が求められることになるからだ。よってこの労働者の問題を抜本的に解決するための条件は、事業者の人格の向上にある。この条件が一度満たされてしまえば、社会主義的な理想が、資本主義の実り豊かな活動を邪魔することもなくなる。このため特に事業者は、自分自身の人格を高めて、労働者を自らと同じ一人の人間と見なし、奴隷や単なる道具としてはもはや扱わないようにしなければならない。

このような思考過程から、以下のような明野氏の規約ができあがった。

一、資本家は事業から、投資した資本の正当かつ公正な利子以上の利益を得るべきではない。

二、事業者は、自分の労働に対して、自分の地位に見合う以上の賃金を要求すべきではない。それればかりではなく、すべての精神的な努力には、精神的な報酬で満足すべきである。

三、事業者の労働者に対する関係は、単なる契約関係としてではなく、道徳的な関係として理解されるべきである。事業者には、従業員の健康及び経済面での保護と、精神面及び道徳面の育成に配慮する義務がある。

四、労働者が、企業の財務状況を正確に知ることができるようにすべきである。純益は、一定の公正な諸原則に則って出資者と事業者と労働者に分配されなければならない。その際には当然のことながら、資本家は利子に加えて、事業者は給与に加えて、この配当金から取り分を得ることができる。

五、競争は、ただ労働の水準の高さによってのみ行なわれるべきであり、価格競争をすべきではない。価格は、適切な利率とともに実際の諸経費に基づいて考えられるべきである。

明野氏は当初より、自社の労働者の選抜に最も大きな価値を置いていた。彼は、高等小学校を卒業した特別な才能を示した人々しか採用せず、彼らに対する技術的、精神的、道徳的な根本教育と研修に配慮した。会社は日曜は休みだが、その日は休息と娯楽と教育に当てられた。健康的な環境を有する地域にあったこの印刷所の敷地には、労働者のための良質な住居が建てられた。また彼らは、同時にそこで食料を得ることができ、それ以外の日常生活のための必需品が安い価格で提供された。衛生と病人の看護のためにも配慮がなされ、子供の教育や結婚といったことと同時に、貯蓄や保険についても不安を軽減するあらゆる施策がなされた。満足と感謝が業績の向上とともにもたらされるのは当然の帰結であった。じきに人々も、明野の印刷所では同じ対価で他のところより良質の仕事がなされることに気づいた。彼の事業は繁栄し、かつ年々成長することで、日本の他の事業者たちの手本になった。

明野には二人の子供がいた。一人は、墨田河岸の例の邸宅に住んでいる娘のミツであり、もう一人は、彼女より三つ年下で、まだ帝国大学に在学中の優《まさる》である。美人だった母親はすでに二十年前に他界していたが、父は子供たちへの愛から再婚を決めることができなかった。優は幼少の頃より植物学に興味があり、今でもそうであった。大学で彼が専攻していたのは自然科学である。ミツは高等女学校に通い、隣に住んでいたフランス人女性、アンネ・パラダンの下でフランス語と音楽の授業を受けた。学校では英語をしぶしぶ学んでいたが、程なくしてフランス文学と芸術に傾倒し、フランス語を流暢に話せるようになると、さらなる研鑽のためにフランスへ留学したいという思いが高まった。

ちょうどその頃、明野の妹の夫で外交官をしていた高木のパリ転勤が決まり、同道を認められたミツは大いに喜んだ。パリではいろいろな学校に通いもしたが、主には個人教師と独学を通じて研鑽を積もうと努めた。ミツの進歩は全くもって輝かしいものだった。そんな生活が二年過ぎた頃のある日、ゲーテの著作のフランス語訳が手に入った。するとすぐにドイツへの関心が湧き上がり、ミツはドイツについての研究に向かった。まずはドイツ語を学んで、それから主に演劇や美学についての研究を行なった。そこで次々と課題が浮かんできて視野が広がり、哲学の勉強が不可欠になった。残りの自由時間は音楽と観劇で埋められることになった。彼女は二度叔母とイタリアへ旅行した以外はほとんどベルリンで過ごしたのだったが、もし高木氏が召還されて帰国を余儀なくされなかったならば、もっと長くベルリンで過ごしたことだろう。

一九〇三年の春、ミツはヨーロッパに七年滞在したあと、二五歳で東京に帰郷して父の家に戻った。多くのことが変わっていた。旅立ったときは少年だった弟は学生になり、祖母はすでに他界、慕っていたフランス語の先生は日本を離れていた。学校の友人の多くはすでに結婚し、子供がいる人さえあった。父だけが、七年前と同様に健康かつ活発で、むしろ以前より楽しげなようだった。というのも、印刷所は大きく発展し、そのことでとても喜んでいたからである。ミツは、日本の都市と人々の生活がほとんど変わっていないことに気がついた。パリやベルリンで見たものと比べると、すべてのものが驚くほど幼稚に見えた。殊に演劇が、それを演じる役者自身と演じられる作品とが幼稚だった。それらのうちの最良のものにしてからが、そうだったのである。

彼女は、どうすればこの状況を変えられるだろうかと考えた。日本古来の芝居は、そもそも何の芸術的価値もないものだ。芝居の構造や理念世界があまりに単純で、演技の方法があらゆる発展の可能性を欠いている。過去の世界の珍奇な見世物だ！　いわゆる現代劇も、うわべは現代化されていても、内容的に見ても、美的価値から見ても、結局は古いものと何ら変わることはない。時折『ファウスト』や『ハムレット』などのヨーロッパの劇が演じられるときには、それはただの滑稽な猿真似になっているだけである。日本には、そもそもまだ演劇芸術は存在していないのである。人々は一から始めなければならない。しかし、それはヨーロッパの演劇の模写によって行なわれるべきではない。なぜなら、我々日本人の生活は多くの面でヨーロッパのものとは根本的に異なるからである。彼らの美学的法則を、たとえ異なる表現方法を用いるにしても、私たちは受け入れなくてはならないだろう。そしてまた、その理念も、たとえ異なる道筋で接近するにしても受け入れなくてはならないだろう。演劇に必要なのは人類思想なのであって、今日まだ大部分において日本の生活を支配している民族主義思想ではない。役者たちの状態も同じである。最も有名な役者ですらあまりにも教養がなく、彼らにとって仕事は生計の糧でしかないし、大多数の女優はお金持ちの寵愛を得ようと、媚びへつらっているだけだ。我が国に良質の俳優や女優が生まれない限り、良質の演劇があったとしてもそれが我々にとって一体何の役に立つというのだろう！　そうした役者たちを、我々日本人は演劇芸術と現代演劇への理解を獲得するために必要とするのだ！　今日、偉大な政治家や民衆の教育者を必要とするのと同じ程度に。

ミツはまもなく、自分自身が女優になって自分の人生を演劇に、新しい芸術の構築に捧げることを心に決めた。しかしながら、それに対して父親や親戚が何というだろうか、という心配があった。自分の考えを最も理解してくれそうであった叔母は、一番最初に味方になっただけでなく、そうした計画を持ったミツを激励してくれた。「もしあなたが固く決意したのなら、全面的に助けましょう。きっとお父様だって同じです。お父様は、女は全員結婚しなければならないと考えているようなこの国の大多数の古臭い人間たちとは違います。一般的には、確かに結婚とは社会全体に対する女性の使命なのかもしれません。しかし、もし誰かがあなたのように、自分には特別な才能があると感じるなら、その人は社会に対して特別な方法で奉仕することが許されるでしょうし、そうすることで社会に役立つことになるかもしれません。」彼女はこの言葉に勇気づけられ、続いて父親にも自分の考えを説明した。芸術の問題に全く取り組んだことがなかった父親は、勿論最初はかなり驚き、少しの時間考え込んだが承諾してくれた。

「十分に観察し、正しく考え、決心に至ったら全力で実行しなさい。」娘がヨーロッパへ出発する際、父はミツにこう述べていたのだ。娘の願望の真剣さがすぐに見て感じ取れた以上は、どうしてそれを邪魔することが今更できるだろうか！　むしろ、娘にとっての障害を減らしてやらずにはいられなかった。そこで、その利子で彼女の生活とやりたいことを実現させることができるだけの資本金を贈った。同時に、隅田川の岸にある向島の美しい別邸も贈与した。早速仕事が始められた。演劇学校が開校され、その若き指導者となった彼女は、自分で苦労して見つけてきた最良の人たちだけを講師として雇い、高等教育を修了した人だけを学生として迎え入れた。しかしそれだけにとどまらず、ミツは、自分でいくつかの劇作も行なった。それは、生徒の性格や能力に適したものであり、同時に真の現代芸術の理解のために観客を徐々に教育していくのに役立つべき作品でもあった。

第四章

改革党の総裁である斉藤が友人たちと政治の原理について話し合った秋の晩から、すでに一年半が経過していた。そしてその間、彼の中では際立った変化が起こっていた。洞察や思慮を深めるためのあらゆる努力にもかかわらず、そもそも自分の思想には、信頼しうる確たる基盤が欠けている。あの日の議論の中で斉藤は初めてそのことを意識したからである。これにより、社会や仕事における自分のあり方に対する昔からある自信、そして勇気と確信が奪われた。そのとき以来、それらを取り戻し、それらに新たな基盤を与えることに、彼の一切の努力が向けられていた。

斉藤は元来、いつも理性的で知識欲の旺盛な人物だった。しかし、すでに早くからその視野を極度に現実政治に集中させてしまったがために、表面的な現象からけっして自由になれなかった。そして、しばしば専門家から、社会の様々な個別の問題に関する情報を得てはいたが、けっして人間存在や世界の本質に深く踏み込むことはなかった。偶然行なわれた前述の議論の中で、改めてそのことを痛感し、不安に感じるようになっていたのだった。周りを見回しても、その不安からの逃げ道はなかった。初め斉藤は、キリスト教に救いを求めたが、それは徒労に終わった。キリスト教における宗教的生活の唯一の源としての人格神の存在を信じるには彼はあまりにも理性的過ぎたので、これによってもたらされた唯一の精神的収穫は、いくつかの道徳上の教えだけだった。彼にとってよりよく進むべき方向を示してくれているように思えたのは、教義の真髄においてキリスト教よりもはるかに理性に適う仏教であった。そこには人格神は存在せず、より効果的に宗教的かつ道徳的な人間形成を可能にするための擬人化された思想というものがあるだけだった。従ってそれは根本的に全く自由な考え方であった。しかし、そのような教義の下では、哲学的思考がいまだに区別しがたい形で迷信と混ざり合っていた。そのため、斉藤が因襲や先入観にとらわれずに考えることを学べば学ぶほど、仏教もまた満足なものではなくなっていった。そこで彼は、ヨーロッパの純粋な哲学体系に接近し、偉大な思想家の著作を読み、それに関する教授たちの見解に耳を傾けた。しかし、この研究にのめりこんでいくにつれて、内面的な懐疑や不安もまた大きくなる一方だった。あるときには大陸系合理論が、またイギリス経験論が、またあるときには独断論や懐疑論が、さらにはまた目的論や機械論が正しい教義に見えたが、結局自分ではどうしたらよいか分からなくなっていた。

この苦しみの中で斉藤は、古い友人で、哲学者及び評論家として名高い石田教授に相談を持ちかけて、自宅に招いた。静かな書斎に座って、斉藤が心を煩わせている問題について二人がじっくり語り合ったのは、美しく爽やかな春の晩だった。

石田が言った。「自立した批判精神がなくては、哲学の勉強は無駄であり無意味なものです。哲学体系をたんに学ぶという試みはすべて、うわべだけの方法や道具に過ぎず、真理へと登るための不十分な最初の段階でしかないのです。そこに向かっていくには、何か他のものが、この方法では習得できず発見できない内面的なものが必要になるのです。」

「しかし、どうやってですか」と、斉藤が問うた。「ええとたしか、私は一度、鎌倉のどこかに住んでいる森田という老人が、真理への道を教えることができるという話を聞きました。私の思い違いでなければ、この人はあなたの良い友人だということですが、そうなんですか。」

「そのとおりです！」石田が答えた。「それはかの霊山丘陵に住んでいる森田氏ですよ。この方は本当に真実の光を映し出す鏡です。すでに多くの人が彼をとおして真理への道を見つけていて、今もなお多くの人々が彼の導きで、この目的に到達しようとしているのです。私も彼の生徒でしたが、大変お世話になっています。」

「そうですか、では、もう少し説明してください！」と、斉藤が望んだ。

石田が言った。「森田は徳川の時代に江戸に生まれ、幼少の頃から今は亡き山田侯爵や牧田伯爵、また知り合いになった他の面々とオランダ語を学び、すでに若くして同年輩の者たちから抜きん出ていました。しかし、これらの同輩の多くが政治家や商人としての成功を目指したのに対して、森田は当時の改革期の実体験を通じて、真理へと到達しない限り、人々の生活には何ら大きな変化が起こらず、何の問題も根本的に解決されることはないとの認識に達しました。そこで彼は、政治や商売とは別の、自分を真理へと導いてくれるような方向へと向かうことに決めたのです。最初に勉強したのは、新旧の若干の言語でした。古典哲学も新しい哲学も読むことができると考えたからです。しかし、長年の勉強の後、この方法では真理を発見できない、いやそれどころか、これまでそもそも真理は発見されていないということに気づいたのです。これまでの方法は全く明らかに誤りであり、新しい方法が見つけられなければならないと認識するに至りました。このようにして彼は、改めて数年間を熱心な探求と努力に費やして、新しい方法を発見したのです。彼はついに、真理の認識に、純粋で最高度の理解と認識の世界に到達しました。」

「彼は今おいくつなんですか。」斉藤が口を挟んだ。「元気にしていらっしゃるんですか。」

「大体八十歳くらいのはずですが、肉体的にも精神的にも中年の男性のように若々しく活動的で、疲れも知らず自分が見つけ出した方法によって今もなお人々を認識へと導いています。」

「それは素晴らしいですね！　ご家族はいるのですか。」

「いいえ、ずっと独身です。誠実な老夫婦が、かなり前から家事手伝いを行なっています。」

「しかし、他の哲学者と比べるとすれば誰になるでしょうか。カントのような批判哲学者なのですか。それともショーペンハウアーのような偉大な天才なのですか。」

「いずれにも似ていません。あれらすべての卓越した人々は、それぞれ異なった点で多かれ少なかれ真理に近づきました。たとえばカントは認識の批判的研究において、ヘーゲルならば世界についての論理的な考察において、ショーペンハウアーならば世界についての天才的な直観的観照において、ゲーテは詩人として、ワーグナーは音楽家として、その他各人が各様に、といった具合です。しかし森田はこれらのすべての人の中でただ一人、まさに直接に真理に触れていると思われるほどの精神形成の度合いに達しているのです。彼以前の誰も、そのような高みに登りつめたことはなく、どの人の精神も、この最高の段階に達したことはなかった。彼以前には誰も知らず理解もしていなかったことが、彼には理解できるのです。彼の感情の生の崇高さや美しさは、私たち他の者には夢にも想像できないほどなのです。」

「それはつまり、彼はもう真理を発見したので、もはや何の懐疑もないということなのですか」と、斉藤が続けて問うた。

「そのとおり！　世界や生命についての懐疑をこれっぽっちも持っていません。何しろすべてのことが、真昼の明るさのようにはっきりしているのですから！　依然として疑いを抱いている人は、真理からは程遠く、哲学的考察をしている人々は、暗がりの中を手探りで彷徨っている。真理を見つけた人は、陽の光の中を歩んでいるのです！」

「彼にとって喜びと悲しみとはどんなものなのですか。全く同じなのでしょうか。何しろ、両者はともにたいていの場合、愚かさと無知から生じるのですから。」

「もちろんそうです。普通の人間の諸々の感情は、彼のそれとはかけ離れていますが、それでも彼に感情がないわけではありません。なぜなら彼の中にはある一つの感情が生き生きとしているからです。それは美の、安らぎの、満足の、そして幸福の感情なのです。」

「分かりました！」斉藤はさらに問うた。「真理を見つけた彼の意志の力は、どのような状態にあるのですか。人々の言うように、人格の形成が進むとともに、意志の力も高まるというのは本当なのですか。」

「いいえ」と、石田は応じた。「そうではありません。全く違います。表面上はそんな印象を呼び起こすかもしれませんが、根本においてはそうではありません。真理を見つけた人の魂は、彼がどこへ向かおうとも、また彼が何をしようとも、常に完璧な調和の中に、すなわち悟性と感情と意志とに分離できない一つの統一の中に生きているのです。」

「すると、彼には世界が、生が、そしてまた死も普通の人間とは全く異なって見えるのですか。」

「そうです、彼だけが世界の真の現実を見ているのであり、死を雨や風など日常における他の出来事同様に恐れず、生を一つの芸術のようなものと見なし、理想を形にしようと努力する芸術家のように常に働き生きているのです。」

「これほどの完成の域にまで達したということは素晴らしいことに違いありません。そして、そんな人はどれだけ多くの素晴らしいことを為すことができるのでしょう！」

「素晴らしいことを為すでしょう」と、石田は言った。「だがそれは、もちろん自然法則に反することではありません。真理を見つけた人はむろん、人間の能力を超えているに違いないことを熱望したり、行なおうとしたりする誘惑には全く駆られない。そのことがまさにそうした人と愚者とを区別するのです。」

「精神が、肉体的な健康にも影響を与えるというのは真実なのですか。石田さん、あなたは友人であり教師でもある森田氏の中にそれを見て取られましたか。」

「もちろんです。森田は幼少の頃は全く健康でなかったし、高齢となった今よりも活発ではなかった。それはつまり、こうとしか説明できません。高度に発達した精神と充実した肉体を持っている人は、節度を涵養するのが常であり、心情の安らぎと満足が、自然に肉体にも良い影響を与えるということです。精神がまだ不安や不確実な状況の中にあるときは、肉体もまた安定した完全な健康状態の中には居られなくなります。」

「それでは、私たちは森田氏の考えをどう呼んだらいいのでしょうか」と、斉藤は尋ねた。

「それは合理主義的あるいは経験主義的、理想主義的あるいは唯物主義的……」

「それらのどれでもありません。なぜならそれらの概念はただ真理の一部分に過ぎず、全体ではないからです。森田は一定の輪郭を持った教義を打ち立てたのではありません。彼は、人々が自分で直接に真理に到達し真理を獲得できるようにと、それに適った精神を形成しようと試みているのです。それがすべてであり、教義や理論は存在しません。」

「この訓練方法の明確な呼び方が全くないことは不便ではないですか。もしあなたが良い名前を見つけて提案することができないとおっしゃるならば、少なくともこの対話の場では、それを森田主義と呼びましょう。差し支えないですか。」

「構いませんよ！　でも、あくまでも仮にということでお願いいたします。」石田が微笑みながらそう答えた。

「森田主義に関する文献はないのですか。」

「全くありません。真理は言葉では表現できないのです。言葉は、諸々の概念を不十分にしか表現できません。言葉は欺いたり、惑わしたりするものです。それは、二重の仕方においてです。その一つは、言葉を書き記すとき、人は言葉では完全に表現できない概念を想起してしまっているという点です。もう一つは、人が言葉、単なる言葉を理解するとき、すでに書き手や思想家がその言葉で表現しようとしたことをも理解してしまっているという点です。私たちはそのような間違いのもとを回避するよう努め、言葉によるのではなく自分の内面の経験によって、真実に近づこうと努力しなければならないのです。」

「その点で」と、斉藤が言った。「森田主義は神秘主義や仏教の禅宗に似ているように思えるのですが。」

「表面上はそうですが、中身は全く違います。似ているのは、森田主義も禅宗も、それらは言葉ではとらえられないと言っている点だけです。禅宗は、この宗派で大切にされているような内面的直観によってのみ達成されうるいわゆる〝覚醒状態〟について説いています。しかし、この〝覚醒状態〟は実際にはどのような状況を指すのでしょうか。真理がすでに見出された状態を言うのでしょうか。きっとそうではありません。なぜなら、この目的に達するための唯一の手段としては、禅宗では内面の直観があるのみであり、それは森田主義が目指す道とは根本的には異なるものです。神秘的信仰は、理性によるあらゆる仲介の彼方にある神に不可思議な形で直接に触れることができると考えます。それは、不可思議な独断論であって、私たちには承認することも同意することもできないものです。」

「分かってきました」と、斉藤が言った。「しかし、私に森田主義について、もっとたくさん教えてくださいい、石田さん。言葉で言い表せることのすべてをね。今日はもうこれで十分なのですが、近いうちにもう一度来ていただけませんか。」

「喜んで。来週は空《あ》いていますよ。それでは。」

「それでは！　どうもありがとうございます！」

石田教授が通りに出たとき、とある戦争成金の家の前に二人の傷病兵が立っているのを見た。みすぼらしく汚れた軍服で、彼らは毎日家から家へ移動し、自らの食糧を得るためにこの惨めな方法で、石鹸を売っているのである。金持ちが飼っている太った犬が二人に向かってきゃんきゃんとわめいたので、彼らは歩き去った。その力と健康を祖国に捧げ報酬として受け取ったものといえば、わずかばかりの名声とこの生活である。

悲しみに心を打たれながら、石田はゆっくりと家路についた。

第五章

斉藤夫人は、長い間貴族院議員であった戸田伯爵の長女である。彼女は貴族学校で教育を受け、結婚してからも私的に勉強を続けた。学問と芸術、特に音楽に大きな関心を持っている。三人の子供を結婚により授かった。十歳の男の子と六歳と三歳の女の子である。家事と子供の世話は使用人たちに任され、年配の家政婦、女家庭教師、五人の女中と一人の召使が、それにあたっている。斉藤夫人自身は監督と指導をするだけであった。というのも彼女は次のような意見だからである。家事や子供の世話は使用人に任せられるとする。その上で、余裕があり、さらに興味と才能を有している。そのような女性は家事や育児よりもずっと高貴で人間的な義務を負うのだ。

美しくて社交的、教養があり繊細で、善と美に対する感覚に恵まれ、他人への助力も惜しまない、そんな斉藤夫人は東京の社交界では人気があり有名であった。またそれが夫の大きな助けにもなっていた。彼女は好んで音楽会や芝居に通い、数々の女性クラブやあらゆる慈善活動に参加しており、何よりも日本における女性の地位向上に向けてつねに努力していた。しかし彼女の主要な活動は、数年前に自身の資金だけで立ち上げて維持し、多くの寄付の申し出にもかかわらず意を決して一人で続け、自ら管理している孤児院であり、そこで自分の教育理念を実現したいと望んでいた。

教育というものは幼年期の早い段階から美意識を開花させ、あらゆる方面に発展するように努力することによってのみ、最高水準の成果に達しうると斉藤夫人は考えていた。生まれつき人間は美の感覚を持っているが、たいていの人の場合には、それは、感情の段階にとどまっていて、完全なる意識へと発達することはない。そのせいで結果として人格そのものは低い段階にとどまったままになってしまう。だが、美意識の発展とともに、道徳的発展と、認識、知識、教育への熱望が手をたずさえてやってくる。道徳は美と知識の変種であり、美しいものの認識への希求の帰結なのだ。

これを試すために彼女は孤児院に低い身分の生まれの子供だけを受け入れた。彼女には、自分の美学的教育法によって高潔な人間に育てることが可能であるという確信があった。この家の格別に美しい調度品や音楽やその他もろもろのものはそれを助ける手段であった。――

斉藤家の自宅の南側には大きな庭がある。池のそばの木陰で三人の子供が遊んでいる。葉と枝の間を午後の太陽の光が斜めに差し込んでいる。斉藤夫人は自分の書斎に座っている。客が来ていた。日本演劇の改革者として名声を博している明野嬢と、新しいヨーロッパ派の傑出した画家として知られている近藤嬢である。彼女は斉藤夫人の学友であった。女性問題について話がはずんでいた。三人はしばしばこれを話題に語り合ってきた仲なのである。

「おっしゃるとおりですね」と、近藤嬢は言った。「近頃、何よりも日本女性の地位の早急な向上を要求している、現代女性と呼ばれる人たちがますます声高に叫んでいます。もちろん理屈としては、全く反対ではありませんのよ。しかし、ここで言われている〝向上〟の理念とは一体何なのでしょうか。大体においてこの人たちは、社会的にもっと尊重されるということ以上には何も望んでいません。でも、そうなるための前提は、日本の大部分の女性が今日有しているよりも高い精神的形成と発達をなしとげることです。これさえなしとげてしまえば、女性たちに対する尊敬も自ずと示されうるだろうということを、現代女性と呼ばれる人たちは理解していません。獲得された権利を行使するための精神的素質や知識が十分でないのに、女性たちに新しい権利を与える意味がどこにあるというのでしょうか。言うまでもなくあらゆる権利には義務がともないます。現代女性たちが求めているのはうわべだけの形です。でも彼らにとって必要なのは精神的価値なのです！」

「確かに」と、斉藤夫人は言った。「その点では、おそらく私たち三人の意見は一致しています。人格の向上、とりわけそのための美意識の向上は最も切に求められるべきものです。なぜなら、私の考えでは、美意識は女性の人格の最も重要な要素となっているからです。いつも人々は、女性は美的理念の面では非常に豊かである、と言います。しかし、それは本当でしょうか。日本の女性にとっては、どの面から見ても、それは当てはまりません。いえ、その正反対です。彼らには、ほとんど完全に美的センスが欠けていると思います。日本の女性たちは、うわべだけの美にしか価値を置きません。虚栄心から、男性の注意を向けたいという願望からであって、美それ自体のために美を追求するような純粋な美意識ではありません。日常の至るところでそれを観察できます。金持ちの女性たちが身にまとっているのは、確かに贅沢ではあるがけっして美的原理に一致せず、しばしばほとんど醜くもあり、往々にして色彩の調和を無視したドレスです。彼女たちの美意識は未成熟であり、また彼女たちの人格も然りなのです。」

「私が多くの女流画家たちを見たところによると」と、近藤嬢が口を挟んだ。「おっしゃることは完全に正しいと言えるでしょう。そして私は日本の女性の道徳観も、また同様の低い状態にあると考えます。日本の女性たちは、たいてい、道徳面ではまだほとんど受動的に振舞っているると言ってよいでしょう。それが全くもって不道徳であるということではないのですが、しかし彼らが考える道徳とは、既存の伝統的形式への盲目的な服従以上のものではなく、生き生きとした道徳的理念が内面的な自由によって積極的に実践に移されることもないのです。日本の女性は、自立的な判断と自由な意志とを全くといっていいほど知らず、そしてそのために、倫理的に見ると、ひとかどの人間としての扱いを要求することができない精神的奴隷にほぼ等しいのです。少数の現代女性たちもそうです。というのは、この人たちも自立して考え、判断し、行動せずにいるからです。彼らでさえ、古いものの代わりに新しい、外面的に受け入れた形式に盲目的に従っているだけだからです。つまり今日の日本の女性は、たとえ不道徳とまでは言わないにしても、今なお道徳的と呼ばれる存在ではけっしてないということです。」

「しかし、それは日本の男性にも言えることですわ」と、明野嬢は発言した。「私たち日本国民には、まだ精神的能力を高める教育が全くなされていません。我が国の男と女の間には、この点に関しては程度の差があるぐらいで、しかもそれはごく僅かの差に過ぎないのです。道徳的な面と美的な面では私たちは、全般的にはまだ非常に低い段階にあるのです。しかしそれは、私たちが劣った人種であるからではなくて、教育方法が間違っているからです。私たちに欠けているのは、一言でいえば、理性に適った思考による優れた教育、これに尽きます。それが欠けているところに、日本人一般に見出される最も大きな精神的な欠陥があります。殊に女性の場合には、我が国の学校制度のあらゆる外見上の進歩にもかかわらず、いまだに自立して首尾一貫した思考をなすことを学んでいない状況です。不要で役に立たない事柄が大量に生徒たちの頭の中に詰め込まれます。その際理性には、これらの知識を加工し、応用し、自立した個としての判断と意志とを注ぎ込んで、本当の意味で自分のものにするための機会が与えられておらず、またそのための教育も行なわれていません。我が国の文部省は、そのことをいまだに分かっていないようで、その結果、日本の教育制度、殊に女子教育制度が低い状態にあるままなのです。日本の女性のための倫理的および美的教育は確かに必要なのですが、まずは理性を徹底的に成長させる教育が先です。それが精神活動の核心であり、また、そうあり続けるからです。」

「そうでしょうか」と、斉藤夫人は反論した。「美意識において、理性はそのように重要な意味を本当に持っているのでしょうか。美意識の場合には感じるということがすべてであって、それ以外には何もないのではないかしら。」

「いいえ」と、明野嬢は言った。「美的欲求それ自体は、もちろん感情に他ならないのですが、そのあと生じる具体的な意識の状態においては、内容的に様々な質的相違が現れ、この違いに応じて、その美的欲求が崇高な欲求であるのか低い欲求であるのかを語ることができるようになります。崇高な美的欲求は理性と緊密に結びついており、理性なしには考えることができません。ですから美意識の教育も、それに先立つ理性的思考の訓練なくしては不可能なのです。そしてもう少し申し上げますと」と、彼女はさらに続けた。「斉藤さん、孤児に対するあなたの努力は確かに最も大きな賞賛に値することですが、もっと大切なお仕事があるのではないでしょうか。日本国民と社会にはもっと差し迫った課題があるのではないでしょうか。普通の境遇、あるいは貧しい境遇にある人々の教育に対して特別な配慮をするというのが最近の流行ですが、ずば抜けた才能を持った、すなわち優れた人たちを教育し成長させるという特別な問題が今日の日本にとってよりいっそう重要なのではないでしょうか。私は、あなたの力を低い身分の孤児よりも才能ある女子たちの養育に捧げるべきだと思います！」

帰宅した斉藤氏が婦人たちにあいさつしに部屋に入ってきた。会話は別の事柄に向かっていった。

第六章

石田教授は、中断していた哲学的会話を続けるために、約束どおり斉藤氏のもとへやってきた。

「先日私に森田主義と哲学との関係についておっしゃっていたこと」と、斉藤は始めた。「それは、はっきりと分かってきたのですが、そもそも森田氏は個々の学問についてどう思っているのですか？」

「すべての真理探究の前提となるのは、厳格な論理的方法によって、肉体的および精神的現象の個々の事実を客観的かつ学問的に確かめることです。しかし、そのようにして獲得された知識は、いまだ真理それ自体ではなく、個々の学問の枠組みの中での、いわば個別の真理に過ぎません。それらの学問は、素材、能力、空間、時間、生命、意識といったある種の前提を基盤にしており、それ自身では、こうした根本的な真理についての問いに答えたり、それどころかそうした問いを探究することもできません。しかし人間は、その本性からして、この限界に満足せず、それを超えて世界と存在についての究極的な問いが解明されることを要求し、その答えが得られるまでは落ち着くことができません。それゆえあらゆる民族の哲学者の何千年にもわたる試みは、彼らがどのような結論に行き着いたとしても、どれ一つとして包括的な答えを、完全な世界観を見出すことはできませんでした。というのも、彼らは論理的誤謬を犯していたか、もしくは論理的探究をとおして獲得された成果を、森田主義がついに認識したものによって補完することを怠ったからです。従って初めて、生と世界の問題を根本から説明し、人間に究極の絶対的な真理への道を示し、果てしない精神的満足を与えることができるのも森田主義なのです。」

「森田主義は、個々の学問の客観的方法によって獲得された個別の成果を受け入れ、その成果を、固有の主観的方法を通じて完全なものにします。それは、以前の哲学者たちとは反対に、論理的思考と、私たちが自己形成と呼ぶようなものとを結びつける独特な方法です。論理的探究は研究対象が客観的に与えられている限りにおいてのみ通用するのであって、考察されるべき観念およびその強さが研究者の精神的状態に応じて大きく異なる場合には、機能しません。そこでは、思考形式がつねに、またすべての人において同じであり、またそうあり続けるとしても、思考内容が各人において全く異なったものになってしまうこともあるでしょう。一人が神は存在すると判断し、別の一人は神は存在しないと判断する。こうして哲学者たちは、しばしば同じ論理を用いて、異なる、いやそれどころか全く正反対の結論に行き着きました。ショーペンハウアーは知性の力によらぬ行為が世界原理であると表明し、反対にヘーゲルは、論理的に発展する絶対的思考が世界それ自体であると説きました。人間には、知性を停止させ、排除し、その関与を断念する傾向があるということは、多くの哲学者が認めているところですが、哲学者たちの論理的思考に影響を与え、哲学の主流を規定したのは、まさにこの傾向なのです。例を少しだけ挙げましょう。フィヒテは、世界原理としての自律的な自我を仮定しましたが、それに対して、ショーペンハウアーにとっての世界原理は盲目の意志でした。カントは、神、霊魂、意志の自由を一方で肯定しながら他方、理論哲学においては認識を経験の領域に限定し、論理的思考に純粋に従おうとしました。だが神、霊魂、意志の自由の領域、すなわち実践哲学においては、論理的ではない傾向によって非常に強い影響を受けてしまっているのです。このように、哲学研究者の基本的な精神構造は、内容を持たない諸概念からなる研究者の思考に対して、二つの正反対の方向において、影響を及ぼします。一方においては促進的に作用し、他方においては、混乱をもたらすのです。たとえばある一つの誤った結論は、探究者の内にある潜在的な傾向――そう呼んでおくことにしましょう――がもたらす反論をとおして、自覚され、それによって修正されるに至るのです。また一方で、誤った結論に対して、別の人が持つ傾向が反論することもあります。ショーペンハウアーの主意主義はヘーゲルの汎論理主義が見逃したものを強調していました。両者は互いに矛盾すると同時に補い合うのです。こうして哲学的思考は、あたかもまとまった統一体であるかのように発展したのです。同じことが悲観主義と楽観主義においても現われます。ショーペンハウアーのような悲観主義者たちには、世界は、悲惨なものに思われます。他の者たち、たとえばライプニッツのように幸福な人生を楽しんだような者たちには、世界は調和的なものに思われます。世界それ自体は最悪でも最善でもなく、ただ観察者の精神的傾向によってそのように色づけされているに過ぎないにもかかわらずです。こうして私たちは、主観的な探究においても客観的な探究においても論理的思考のみに注意を払う哲学者たちがけっして絶対的真理に到達しえない理由を見出したのです。様々に色づけされた哲学者たちの傾向は、彼らがそれに気づくことのないままにその論理的思考に影響を与え、視野を閉ざす霧のように世界それ自体の眺めを曇らせてしまうのです。」

「従って問題は、私たちの目の前にあるこの霧を晴らす方法を見つけることでしょう。それは、森田氏が教えているように、〝自己による自己自身の形成〟の中に見出されます。それは、次のように理解してよいでしょう。すなわち、人間の精神的傾向は、当人が生活の中で意図的に獲得したか、あるいは故意ではなく偶然に身につけたかした諸々の観念連合や感情、そして欲望の帰結なのです。それらのうちのいくつかは正しく、いくつかは正しくなく、あらゆる素材が偶然に集積された巨大で無秩序な寄せ集めみたいなものです。普通の人の世界観はそれに基づいているのです。しかし、真理に近づこうとする人は、この素材の寄せ集めを根本から、そしてまた一定の基準に従って秩序づけなければなりません。一定の基準、客観的には、自然科学によって与えられた自然法則に従って、また主観的には、精神に内在する心理的法則に合致する形で秩序づけなければならないのです。そして、自分のすべての感情や欲望を同じやり方で探究し、解明し、改良するならば、精神改革が前進するに従って、真理の光はますます明るくなり、この光に導かれて、ついには真理そのものに達するでしょう。これこそ私が自己形成とか自己による自己自身の形成と呼ぶものです。段階的に進んでいく精神の根本的なこの改革においては、通常私たちが知性、感情、意志と呼んでいるところのもの、すなわちすべての力が一緒になって働くのです。それは、通常の哲学的方法とは異なります。通常の哲学的方法は私たちの方法と比べると深いところまで到達できず、表層をなめ回しているばかりなのです。」

「しかし」と、斉藤は言葉を差し挟んだ。「どのようにして真理に達したという証拠や確信を得ることができるのでしょう。」

「それについても主観的視点と客観的視点があります。真理に達した人にとって、生と世界に関するすべての問いは白昼の光のように明白です。疑問はもはや生じず、何が起ころうとも、その対応について不安や葛藤を抱くことはなく、何が起こっても不思議に感じたり驚いたりしません。なぜならば、感覚と意志、思考と認識は彼においてすでに完全に一つに溶けあっているからです。そして客観的には、それは、その人の全体の有り様、態度や振舞い、言動に明瞭に表われる。その言動は、彼同様に真理を発見した人たちにとっては、すぐにはっきりと理解できます。たとえ、そうでない人々は理解できないとしてもです。たとえば森田氏のような人は、ある人が真理へと至る道をどれだけ進んできたか、そしてそもそもその人が真理に対してどのような立場をとっているかを、たいていの場合、一目見てすぐに判断できます。あるひとりの人間が高い目標に到達すると、それほどはっきりと、そのことが全人格の中に表われるものなのです。」

「それならば」と、斉藤はさらに尋ねた。「森田主義によれば、哲学は不必要なだけでなく役に立たないということにさえなりますね。」

「もちろんです」と、石田は答えた。「古くから哲学者たちは真理に到達しようと努力してきましたが無駄でした。なぜならば、論理的方法は客観的に観察されうる現象に対してのみうまく適用できるからです。しかし私たちは、客観的に観察されうるものはすべて自然科学の中に含めます。そしてその他のものはすべて論理的方法では究めることのできないものなのです。」

「ということは、あなたは論理学や倫理学、美学のことも自然科学と呼ぶのですか。」

「もちろん。なぜならそれらの対象も客観的に観察可能な自然現象の一種だからです。すなわち思考や認識の諸形態は言葉やその他の記号の中に表明されうるものであるし、道徳規範は社会現象や個人の行為の中に顕現する。そして美意識だって芸術作品や他の諸形態の中に表われるものです。思考も認識も美意識もそれ自体としては客観的に観察できるものではないけれども。」

「それではあなたは、これらの学問が持ついわゆる規範を与える性質というものについてはどのように思っているのですか。」

「そんなものありません！」と、石田教授は答えた。「規範的な学問という理念そのものが私には誤謬のように思えます。なぜなら、それは人が指示に応じて純粋に機械的に使用することのできる何らかの道具の取扱説明書のようなものとは違うからです。精神的な仕事というものは、諸規範の適用のためには、数多くの認識やその他純粋に主観的な諸条件を前提にしているのです。こうした前提を持っている人は、そのような一般的な規範を必要としません。しかしそれを持っていない人にとって規範は、危険な障害となります。自立した精神的な発展がそれによって妨げられてしまうのです。いまだに精神的奴隷状態に満足している人たちは規範が好きですが、私たちは思考の活動性と自立と自由を望むのです。私たちの欲求は、自然科学と自由な思考と自己形成を通じて満たされるのです。」

「ではその立場からすると」と、斉藤は尋ねた。「法は一体どのように判断されるのでしょうか。」

「現在の我々の法は二つの全く異なった要素を含んでいます。一つは時代と、法がつくられたその時々の社会状況に相応した要素であり、もう一つは全人類と全時代に同じように通用する要素です。人類の精神的進歩とともに、前者はだんだんと後退して、後者が優位に立つようになります。法は個人の相互関係および国家と社会に対する個人の関係を確定するものです。これらの関係を認識し、承認するためには、健全な人間悟性があれば十分です。従って法典に記されている実定法の無数の条項は不必要であり、それどころか法の精神にとってきわめて大きな障害でさえあります。それゆえ裁判所は、紛争や犯罪に関して、そのような個々の規定に邪魔されることなく、自由で理性的な裁量で判決を下すべきです。第二審と第三審は誤りを訂正するためにあればよい。今日、裁判官は、どの事案においても、多くの条項の寄せ集めである法という機械を動かす技術者以外の何ものでもありません。」

「理論的には私は完全にあなたと同意見ですよ、石田さん。しかし私には、今日の日本において、既存の制度の急な破棄を伴うあなたの理念の現実化は、実践的にはまだ不可能のように思えます。それでは統治形態の問題については、あなたはどのような立場ですか。」

「統治形態は国家の最終目的に基づいて決められるべきですが、この目的は、国家市民の精神的な発展に従って方向づけられ、その度合に応じて変化します。人間の自意識がすでに相当程度まで育成された私たちの時代においては、国家の最終目標は国家それ自体の安寧ではありえず、人間それ自体の発展の完成であります。そうであるからこそ、国家のすべての機関や職務は、この一つの目標に向けられねばならず、精神的に最も優れた人たちが国家を統治しなければならず、精神的に卓越した男子だけが議員に選ばれなければならないのです。しかしそのためには、普通選挙法も財力を基準とした制限選挙法も不十分であり、ある種の精神的能力を前提とする選挙法だけが、この要請を満たすのです。」

「結構な話です」と、斉藤が言葉を差し挟んだ。「でも、そのような条件を設けて機能させることは、とても困難ではないでしょうか。」

「なるほどそのとおりかもしれませんが、しかしたとえば、我が国の中学校の改革を行なうならば、中学を卒業し一定の年齢に達した男子に選挙権を制限することができるのではないでしょうか。同じようにして女性たちに選挙権を与えることもできるでしょう。ただその場合には高等女学校の改革の他に、我が国の女性たちが政治的問題をはじめ、そもそも公共的な事柄に関わることを一般的に好まないという傾向がまず第一に改められ、取り除かれねばなりません。」

「ではあなたの見解ではどのような学校制度がその目的にとって、また一般的にも最善なのでしょうか。」

「土台として六年から七年の国民学校における義務教育、その上に学級制度による五年から六年の中学校、そしてその上にまた二種類の専門学校、すなわち三年間の実科学校と三年間の準備課程を伴う三年から四年の高等学校というものです。中学校は、単なる専門学校への通過点と見なされてはならず、むしろそれこそが国民教育の中心期間となるべきです。」

「道徳教育はどうなるのでしょう。」

「それはもちろん国民学校や中学校で最も重要な教科です。国民学校では道徳教育は感銘深く教えられ、中学校においてはとりわけ内面から発展させられねばなりません。しかし何が道徳的意識として与えられるべきものなのでしょうか。我が国の今日の学校は、過去の時代の古臭い道徳や習慣を国民の精神の中に生きたまま保つことしか考えていません。仮にこれがうまくいったとしても、その行き着く先は民族の滅亡でしかないでしょう。しかし実際のところは、これがもたらす効果はむろんごく小さなものであり、むしろ、こうした種類の道徳教育をたいていの人は嫌悪して拒絶します。従って主な問題は、道徳教育に全く新しい内容を与えるという点にあるでしょう。」

「あなたは」と、斉藤は言った。「宗教についてはまだ一言も触れていませんね。宗教政策の問題についてはどのような立場を取るのでしょうか。」

「国家はキリスト教や仏教のような高度な宗教を、社会がそれを必要としている限りは保護する義務を負うことになるでしょう。なぜなら信者たちは少なくともこの方法によって魂の清らかさと安らぎ、満足と慰めを見出すことができるのですから。しかし精神的発達がさらに進むと、人類は、そのような宗教的な、そしてまた哲学的な教義をますます必要としなくなってゆくでしょう。なぜなら真理そのものの探究、つまり森田主義を通じて精神や魂の欲求を満たすことを学ぶからです。森田主義は宗教にも哲学にも反駁せず、またそれらを破壊することもなく、むしろそれらを、それらが到達できない高みへと上昇させようとするのです。低俗で堕落した種類の宗教的教義はもちろん、政府がさっさと禁止し、押さえつけるべきだと思いますが。」

「それでは教授、この文脈で芸術一般についてもご意見を聞かせてください。」

「真の美とは、すでに真理を見つけた人間が自分自身のうちに感じる精神の表われです。客観的には精神は、様々な方法で、形や色や動きや音やその他もろもろの形式において芸術作品として表現されうるものです。芸術作品の対象は、単なる物質に過ぎません。これに真の生命を吹き込むのが精神であって、精神なしでは、ただ単に機械的につくられた産物にとどまらざるをえないでしょう。真の芸術は真理それ自体のように普遍的であり、ただそれが生み出された時間と場所に応じて偶然の違いを見せるに過ぎず、その違いもいつか消えてしまいます。そうした違い、たとえば我々の東洋の芸術の特殊性をそっくりそのまま守ろうとするのはお笑いぐさです。」

「私たちは」と、斉藤が言った。「真、善、美について語りました。これらは究極の概念であると言われています。しかし、この三つを一なるものとして把握することも可能なのでしょうか。」

「はい、そのとおりです」と、石田は答えた。「善も美も真なるものの結果として現象するものです。真理に到達した人の生は純粋かつ善良で、この生を支配する感情の基調は美そのものです。真理なしには誰も善き人になることも、真の芸術家になることもできないのです。このようにして生の円環が閉じられるのです。」

第七章

斉藤の党友に木村雅《まさ》登《と》一《いち》氏がいた。「東京ドイツ中学校」の創始者として、また校長として名を成した人物であり、教育制度改革常任委員会の委員だった。文献学への興味は、日本古典文学通として有名であった父の雅則から受け継いだもので、この関心から東京帝国大学で言語学と文学を学び、その後、三年間にわたってドイツで勉学を続けた。彼は帰国後の五年間、東大の教授として講義を担当したが、同僚たちとの意見の違いから退職して、十二年前に東京青山にドイツ中学校を設立し、自分の理念に基づく自由な活動ができる場をようやく得たのだった。

ドイツ滞在は木村にとって重要な体験となった。一民族の総体的な精神成長は相当に多くの点で言語に規定されており、言語とともに進歩したり、言語のために阻害されたりする。この確信を得て、彼は帰国したのである。このことは日本語の場合には全く顕著になるだろう、そう木村は考えた。日本語は、まだ非常に初歩的な段階にあるため、高い教養を持ったヨーロッパ人の複雑な思考過程を日本語で精確に言い表わすのは不可能である。たとえばドイツ語と較べてみると、日本語は全く子供の言葉であるかのような印象を与える。だから、日本人の精神生活の進歩にとっては、日本語を漢字の拘束から開放して独自の発展が自由にできるようにするということほど大切なことはない、と彼は考えた。あらゆる手段を用いて、あらゆる理論的研究と実践的試みを重ねて、木村は、この目標への道を見出さんと努めた。だが、成果は上がらなかった。結果として残ったのは、日本語の性格と構造では高次な発展は絶対に望めないという認識だけであり、彼の確信したところによると、より高い精神生活への道を日本人に切り拓く可能性はもはやただ一つしかない。それは、母国語としての日本語は日常生活のためだけに維持し、それを超えるすべての場合には、世界の主要言語の一つを従来どおり単に補足的に使うのではなく、いわば第二の精神的母国語として受け入れるというものだった。

このための言葉として考慮に値するのはドイツ語だけであるというのは、木村にとって最初から自明のことだった。あらゆる近代ヨーロッパ言語のうち、最も明快で最も理性的なのはドイツ語である、木村はそう考えた。世界で最も偉大で最も進歩した精神的著作がドイツ語で書かれていて、もちろん、それらの大部分はドイツ人が書いたものであるから、ドイツ語はヨーロッパ諸民族のうちで最高に発達した民族の言葉だというのである。英語は、あらゆる点で、ドイツ語よりは劣っていて、それを日本が共通の第一外国語として学校に導入してしまったのは軽率だった。あらゆる方法で取り返さなければならない大失敗だと木村は考えていた。

こうした考えに基づいて、彼は、全く新しいシステムの中学校を創設した。この学校では、創設以来、第一学年では、独自の木村式方法に基づいてドイツ語だけが教えられた。第二学年からは、国語と歴史以外は、すべての学科をドイツ語で、しかもたいていはドイツ人の教師が教えた。だから、この学校で五年間の勉学を終えると、生徒たちはドイツ語をほとんど完全にマスターすることになる。この中学校には、三年制の大学進学予科が付設されていて、そこではドイツ語とならんでフランス語や英語も学ぶことになっている。

開校から十二年が経ち、すでにこの学校は将来が楽しみな多くの優秀な若者たちを輩出していた――。

ある日、木村は斉藤を訪ねた。ほどなくして森田主義が話題となった。というのも、木村もまた森田の弟子であることを斉藤は耳にしていたからだ。

「そうです」と、木村は言った。「数年前から森田先生の弟子のひとりと自認しているのですが、森田先生に興味を持たれたとうかがって、たいへん嬉しいです。実際にあなたは多くの事を学んでいらっしゃいますが、率直に申しあげることをお許しいただければ、ご自身のあらゆる思考と志操のための統一的な深い基盤を持ちあわせてはおられません。すなわち真理を。これには森田先生を通じてでないと到達することができないのです。」

「おっしゃることは当っています。私は今や自分でも、この欠陥を全くはっきりと感じていて、すでに可能な限り森田主義について聞き知ろうと努力しています。石田教授から多くのことを教えてもらいましたが、あなたのご意見もうかがえるのはありがたいことです。」

「いや、それは」と、木村は応じた。「あまりお役には立たないでしょう。そもそも森田先生の精神にはそぐわない。なぜなら、森田精神にあっては、唯物論とか観念論とかそれに類したものとかにおけるような理論が重要なのではなく、すべてを凌駕した人格が、すなわち森田先生ご自身が重要なのです。森田先生が示す真理への道は〝自己による自己自身の形成〟なのであり、単なる頭の中での思考や認識をはるかに越えたものです。他人の語ることをあれこれ聞くよりも、森田先生のところに直接いらっしゃるほうがよいでしょう。霊山に建つお宅で一週間ご一緒して、森田先生のお姿を見て、お話を聴いて、会話をなさることです。たった一週間で充分でしょう。先生のお導きで真理への道が見つかるでしょう。」

「時間さえあればなあ！」というのが斉藤の返答だった。「ご存知のように党の活動で忙しくてね。時間が見つかり次第、そうしようと思います。」

「斉藤さん、腹蔵なく意見を述べさせていただいてよろしいですか。森田先生に会う時間がなく、もうしばらく待ちたいというのは、あなたの魂が真理への道を見出すにはなお未熟で、それに値しないという証拠です。本当に真理に向かおうという強い思いがおありなら、そんな計算っぽい理屈でもって、訪問を先に延ばそうなどという考えには至りません。真実を知りたい人は、同時に自分のすべての精神活動をこの理念と一致させねばなりません。これが大切なことであり、森田主義の〝自己による自己自身の形成〟なのです。これなしには、すべての思考や認識は何の役にもたちません。」

「確かにそうかもしれません」と、斉藤は言った。「だが私だけの問題ではなく、今は自分の時間をつくる自由がないのです。」

二人は一瞬黙りこんだ。斉藤が話し向きを変えるべく、木村の学校を話題にした。

「どのような方法で」と、彼は質問した。「あなたの学校では道徳教育をなさっていますか。」

「私が全クラスの授業を自分でしています。しかも他の学校とは全く違うかたちで。もちろん、定められた道徳規定やドグマを押しつけたりせずに、生徒が自ら、これが真実だと思うことを見つけさせます。この授業——我々がこれをそう名づけるとして——のために、厳粛で荘厳な特別な部屋を設けています。クラスの生徒が入ってくると、音楽家がピアノ、ハルモニウムあるいはヴァイオリンなどで短い厳かな曲を演奏します。それから生徒は目を閉じて、自分の精神を道徳形成に集中します。しばらく経ってから、私は、この時間にふさわしいと思われる一つのテーマを与え、これについて生徒に、自由に忌憚なく自分の意見を述べさせます。そのあと彼らと話し合って、問題となっている根本的事柄や真実を彼らが認識するように導くとともに、以前に、あるいは今しがた彼らが得た認識における誤謬を訂正することを学んでもらいます。その際、私は繰り返し繰り返し生徒たちに試験を課して進歩に目を注ぎ、ついて来ることができない生徒たちには、個々の特殊ケースに応じて様々な方法で手を差し伸べます。毎週一回、あらゆるクラスが二時間にわたってこの教育を受けます。第二学年ではたとえば自分自身の健康といった最も簡単な議題から始めて、徐々に社会関係をめぐる複雑な問いへと進んでゆく。そういうものをとおして、生徒たちは卒業するまでに内面的な自信を獲得し、それが将来、どのような境遇にあっても生涯にわたって行為の指針を教えてくれることになるでしょう。これらすべてが、言ってみれば学校教育への森田主義の適用に他なりません。これが唯一の真実にして成功をもたらす方法であると確信しています。」

「それについては疑う余地はないでしょう」と、斉藤は言った。「ただ不幸なのは、優れた教師が少ないということです。そうでなければ役所だって改革の必要性をもっと簡単に確信することができていることでしょう。」

女中が入ってきて来客を告げた。福本健吉氏だった。年は四十くらいの代議士で、斉藤の党の同士である。彼は国会議員としては大金持ちで、いわゆる英国風の「ジェントルマン」だった。イギリスで十年暮らして国民経済学を学んでいた。帝都東京ではよく知られている人物だった。

三人は長年の知り合いであったが、木村と福本は比較的長い間会っていなかった。間もなく政治の話が始まった。

「今や本当に、そのときがやって来て」と、福本が言った。「わが民族は目覚め、国家の危機的状況をはっきりと理解し、真面目に未来を考え始めることになるでしょう。この国の大多数の国民はいまだに夢の中にいるようにふらふら生きていて、危険が迫っていることを分かっていません。木村さん、あなたが大好きな大国ドイツですら、今は最高に憐れむべき状態です。

もしドイツが武器を用いた戦争を起こしさえしなければ、経済面と文化面でこの国が世界を征服していたことでしょう。でも、もうお終いです。復興の見込みすらありません。未来はイギリス人のものです。それゆえ日本はイギリス人とますますしっかりと手を組んで歩まなければいけません。木村さん、そう思いませんか。」

「残念ながら」と、木村は言葉を返した。「ドイツのこともドイツ人のことも分かっていらっしゃらない。ドイツが自らすすんで自発的に戦争を引き起こしたのではなく、むしろドイツは他の諸国から挑発され、それどころか強要されたのです。でも、私があなたに反論したいのは全く別のことです。私が強調したいのはドイツ人の優秀さと世界戦争での名誉ある勝利です。なぜなら、哲学、科学、文学、芸術の分野で世界の人々から認められている彼らのこの優秀さは、戦争においてもっと明瞭に示され証明されました。戦争の進め方それ自体でも、世界のほとんどすべての強国を敵にまわして長期にわたって持ちこたえられたことによっても、彼らは他の民族よりも精神的にはるかに優れていることを証明しました。考えてもみてください。強国の連合が何か積極的な情況をもたらしましたか。ＡＢＣＤ包囲網を作っただけではないですか。ドイツの軍艦や潜水艦が大洋で力を発揮したのに対して、有名なイギリス艦隊は何をしましたか。これだけでも、イギリス人の精神的無能力が充分に示されているではありませんか。でも、もちろん、あらゆる強みにもかかわらず、ドイツは、結局物資の不足でやられざるをえなかったのです。この状況では、どの国だって同じ運命をたどったことでしょう。豊かなアメリカ合衆国が、ドイツがますます困窮するのを見てずる賢く敵側についたときでさえ、ドイツは果敢にもすぐに降伏せず、むしろいっそう頑固に抗戦しました。戦争の領域はどんどん広がり、ますますもってその終わりが見通せない状況となりました。でも連合国のほうがドイツより傷は大きかった。」

「そこで史上稀にみる抜け目のない政治家のひとりであるウィルソン大統領が人類のために和平交渉をすべきと提案した。人類のために！　つまり国際的道義という最高権威の名においてというわけです。そのためには、あらゆる国が国益を犠牲にして、損失を平静に受け入れなければならないような利益を持ち出したのです。こうしてドイツ人は、ウィルソンの提案を拒否すれば人類の敵と見なされかねない状況に置かれ、人類のために恭順に振舞うことを受け入れざるをえなくなりました。こうした確信があったから、ドイツ人は、ウィルソンの条件を信頼して、連合国との和平交渉に臨む用意があるばかりか、寛大にも武装解除の用意さえあることを表明したのでした。ドイツ人のこの行為は根本的に賞賛されるべきものではないでしょうか。それなのに連合国側は道義上批判に値する嘘をついたのです。ドイツ人が武装解除をするや否や、不遜にも自分たちが勝者であるかのような顔をし始めました。これまでの戦争では勝者が敗者に対して絶対の決定権を持っていました。しかし、ここでは事情が全く違うのです。

ドイツ人が和平交渉をする用意があると言明したのは、負けたからではなく、人類のためにアメリカ合衆国の助言と公正さを信頼して世界平和の再構築を期待したからに他なりません。人間性を踏みにじったのはドイツ人ではなく、連合国側です！」

「戦争中にドイツ人が多くの残虐行為を働き、国際法を蹂躙したなどといったことを、しばしば耳にします。しかし、これについては、同じことを連合国側も行なったと指摘するに充分な証拠があります。そもそも、そうした意見は全く馬鹿げています。なぜなら、戦争そのものが根本的に非人間的だからです。従って、ドイツの武装解除後の連合国側の行為は、二重の非人間的な行ないだったわけです。」

「権利のために武器を取って最も勇敢に戦い、最も早く世界のために再び武器を収めたのがドイツ人だったのです。これは驚嘆すべきことではありませんか。ドイツ人は結果として物質的には敗北しましたが、精神的には勝利しました。それだからこそ、彼らは、現在の政治的経済的困難がどれほど大きかろうと、ついには昔からの精神力を再び獲得して、世界の指導者となり、またそうあり続けることでしょう。」

福本は少々反論しようと思った。だが木村は続けた。「私は事実を述べたばかりです。予断なく理性的に事態を観察すれば、誰でも私と同意見になるはずです。イギリスの色眼鏡で見るならば別でしょうが――。」

斉藤夫人が入ってきて、みんなを夕食に誘ったので、議論はここで途切れてしまった。

第八章

福本氏は、非の打ち所がない紳士だった。とても金持ちで、とてもエレガントで、名望があり、体格も立派。男盛りで自信に溢れていた。しばらく前から、自分に合った夫人を探していた。彼との結婚を望む女性は社交界に少なくなかった。彼は本当に愛する人と結婚したかったのだが、これまでそう思えるような人に出会っていなかった。

ある日、劇場に出かけた福本は、明野嬢が演じているのを見た。彼女は、しばらく前から年に二回、生徒とともに新しい劇を舞台にかけていた。それは、いつも東京の観客にはちょっとした事件だった。というのもすでに数回の公演で、彼女の創造的な才能が認められ、女優としても作家としても広く知られる存在となっていたからである。作品には、従来の日本の演劇とは別の力があると感じさせるものがあった。しかし彼女の最終目的は、演劇や文学の創造そのものにあるのではなかった。いずれも、観客を教育し、より高きものへと続く道に導くための手段に過ぎなかった。より高きもの、それは自分自身が森田の生徒として、また父親もその弟子として見出していた真理への道であった。

その夜、彼女はハツという役を演じていた。この人物のうちでは、二つの魂が活動している。とても美しく淑やかな若い女性にして二人の愛らしい子供の母親、一方でヒステリーの発作に見舞われると、恐ろしいばかりの激しい怒りの様相を見せ、すべてを罵り、すべてを破壊しようとする。誤った世の中のすべてを破壊したと感じるまでこの発作は静まらない。

この演技にすっかり感心した福本はミツと知り合う機会を探した。間もなく偶然にも伊藤侯爵家でのパーティがあって、その機会がめぐってきた。福本はミツと話し、その人となりに強く心を動かされた。その気持ちは、種々のパーティで彼女に会えば会うほどに、ふくらんでいった。そして間もなく、求婚せずにはいられないと、はっきり自覚するようになった。この申し出は当然、快く受け入れられるであろう。彼はそのことを全く疑わなかった。

このあと程なくして、福本はミツの家を訪ねようと決心し、彼女がいつ在宅しているかを電話で尋ねた。だが家政婦は、何について主人と相談したいのかとまず聞いてきた。主人は芸術の問題について語り合いたい人だけを客として受け入れることにしているというのだ。福本はかなり当惑したが、もちろんここは、むろん芸術の諸問題についての話だと言うしかなかった。

これでようやく訪問の日時を教えてもらえた。本当をいえば福本は芸術には全く関心がなく、そもそも劇文学などほとんど読んだことがなかった。だから、墨田河畔の屋敷を訪れた彼は少々怖気づいていた。だが、思っていたよりも早く、会話ははずむことになった。

「では芸術との関連でも」と、明野嬢は言った。「ある種の功利主義を主張なさいますのね。芸術も、社会にとっての利点があってこそ存在を正当化できるというお考えでいらっしゃいますのね。そうでなければ、美学的な要求などといったものは無視して除去しても差し支えないとおっしゃるのですか。でも、そもそも〝社会にとっての利点〟とは何であるとお考えなのでしょうか。」

「もちろん、それは人間社会の存続と発展が促進されるということです。」

「ですが、本当に社会の存立と発展が人間の生の最終目的なのでしょうか。」

「そうです」と、福本は返答した。「人間が社会の中でのみ生きているということは反論の余地がありません。もし人間が社会にとって有害なことを目指せば、それによって人間は自分の存在をも不可能にしてしまいます。ですから、根本において、社会の存立と発展は、個々人にとっても生の目的なのです。」

「ということは、生物学的意味での生を人間存在の最終目的であるとされるのですね。しかし、そもそも生きねばならないのでしょうか。それを否定する偉大な思想家もいますし、少なからぬ人間が死への恐怖にもかかわらず自殺しています。」

「でも、それらの人々は生物学的には異常です。」

「わたくしは、こう思います。生は単なる生物学的な立場からばかりではなく、哲学的な立場からも考察されなければなりません。と申しますのは、精神というものは、固有の法則を持ち、生物学的な法則に必ずしも支配されてはおらず、実際に多くの人が充分に熟慮を重ねたうえで、生きる本能とは相反することをまさに考え実行しているからです。お考えのような生物学的意味での生が、そのような人たちにとって、実際に最終的な権威でありえましょうか。」

「それはそうかもしれませんが、生物学的な生は疑いなくすべての精神活動にとって不可欠の前提条件です。」

「それには反論しませんわ」と、明野嬢は応じた。「ですが、わたくしが申しておりますのは精神活動の条件に関してではなく、その最終目的に関してですの。これについては、生物学的な生の維持についての問題を考えずに論題として提起して議論することができますでしょう。」

「哲学的に考えるのなら、そうかもしれません。」

「世に〝哲学的〟と呼ばれております特別な考察方法の可能性を、わたくしは信じておりません。考察というものは、真理への一本の真っ直ぐな道を進むしかなく、正しいか誤っているかのどちらかでしかなく、それ以外のことはありません。ですから、わたくしの考察方法が正しければ、精神の最終目標が生の最終目的そのものでなければならないのです。そして、この最終目的の表出が芸術であるとすれば、芸術は、他のいかなる社会的な現象や条件によっても制限を受けたりしてはなりません。むしろ、社会を導くものでなくてはならず、社会に仕える必要はないのです。ただ盲目的かつ機械的に社会が発展していた時代はもう終わりです。今や社会は、意識的に目的論的に前進しなければなりません。そして、この意識的で目的論的な進歩を先導することになるのが、芸術が表現する理想の数々なのですわ。その際に既存の社会の多くの旧弊や悪習が打倒され、根絶されてゆかなければならないのは、全く当然のことです。それを試み実践する芸術、それは人間の真の導き手となるでしょう。」――

福本が帰ってからも彼女は長いこと椅子に座って考え込んでいた。時おり家を訪れて来て芸術について話す男たちのことを思った。たいていは表面的であって、本や学術的な講義から寄せ集めた幾ばくかの知識を頭に詰め込んでいるだけだった。ほとんど思想や教養を欠いた多数の人間たち――この福本のような。

物静かに彼女は、夕暮れの雨の中にゆっくりと流れる川に目を落とした。そして、思いは鎌倉の海岸にある家へと向かっていた――。

あまり楽しい話題ではなかったな、帰りの車の中で福本は思った。だが、彼女といっそう親しくなりたい、思いを寄せてもらいたい、彼女の心を摑みたい、自分のものにしたいという願いは強くなるばかりだった。結局のところ、と彼は思った。彼女だって女ではないか。そして女というものは、それが何を主張したところで、結局は二つのことに無限の魅力を覚えるものだ。富と地位！

福本は今や彼女の家をしばしば訪ねるようになり、たとえば国民経済学など、自分がよく知っていると思う分野に話を持ってゆこうと試みた。だがそこでも、期待していた感歎の言葉の代わりに鋭く明快な批判が返ってくるばかりだった。付き合いが深まるうちに会話の堅苦しさもなくなり、政治や社会の問題についてさえも話し合うことが当たり前になってはいた。ただ、福本がミツとの個人的な関係に話題を持ってゆこうとすると、彼女は上手に身をかわした。

「理性的な人間は」と、彼女はあるとき言った。「そもそも結婚などしません。婚姻関係というのは客観的事実であって、一度結ばれると、男性と女性の精神的状態の何がしかの変化にかかわらず続くものです。それに対して愛は、変わりやすい主観的事象です。この二つの非常に異なる事柄を結びつけようとするのは非理性的ではないですか。」

「それほど皆が〝理性的〟になってしまったら、一体どんなふうに」と、福本は笑いながら応じた。「人間という種が維持されるのでしょうかね。」

「そうですわね」と、彼女は言った。「それが必要なことであるというならば、そのための手段と方法が見つけられると思いますわ。」

ミツの心中は推し量れなかったものの、希望を棄てなかった福本であったが、ある日、若い久保伯爵が明野嬢に惚れていると偶然に友人から聞かされたとき、彼が受けた衝撃は大きかった。久保伯爵は危険な存在になりそうだった。伯爵はパリで政治学を学んでいて、そのときに明野嬢と知り合いになり、それ以降、親密に交際していた。金持ちで名望家、才能にも恵まれ、芸術と文学に関心があった伯爵は、自らもいくつか芝居を書いていたほどで、それらを明野嬢は福本の前で賞賛したこともあった。久保は鎌倉に別荘を持っていて、明野嬢がしばしば鎌倉に出かけて行くのを知っていた福本の不安は募るばかりだった。

あれこれと思い悩んだ彼は、その心中を友人である斉藤に打ち明け、彼とその夫人から助言を得ようと思いついた。

第九章

いつものように党指導部のメンバーは、木曜の昼下がりに党代表の斉藤の家に集合した。その日の議事は処理し終わっていたが、参加者たちはまだ、様々な一般的問題について話し合っていた。

「最近」と、一人が発言した。「我が国の政府は、外国からどんどん入りこんでくるいわゆる〝危険思想〟に非常に気を揉んでいます。政府は、それらの思想を統制し、できる限り遠ざけておくように努めています。これについて諸君はどのように思われますか。我々はこれらの思想にどう対応していくべきなのでしょうか。」

「政府が〝危険思想〟と呼ぶものは」と、別の人が話した。「社会主義に他なりません。けれども、一般的に言って今日では社会主義というものは、文明の進んだ国々に共通の傾向であって、それは人間の理性的な発達の必然的な結果です、政府がどんなことをしようとも、それを遠ざけることは絶対に不可能でしょう。」

「社会主義がもし本当に」と、三人目が口を挟んできた。「政府が憂慮するような危険な思想であり、我が国の国家形態や国民の統一を破壊する可能性があるとしたら、やはり何らかの方法でもって統制しなければならないでしょう。ただ問うべきは、社会主義が本当に国家にとって危険なものなのかどうかということです。」

「浮田さん、あなたはこれについてどう思われますか」と、斉藤が五十前後の男に発言を求めた。浮田は代議士であり、また弁護士でもある。

「ある一つの思想の成立は」と、浮田が静かに話し始めた。「その思想が社会に対して及ぼす影響の制約は受けません。思想は本来、それ自身において必然的な論理過程がもたらす、必然的な結果に過ぎません。誰しもA＝BとB＝Cが成り立つときにA＝Cも成り立つという法則を知っています。この法則を変えることなど誰にも、どんな強力な国家にもできません。同様に、国家が個人に対して、自然と人間世界における諸々の根本的な事実や事象を観察することを禁じたり妨げたりすることはできません。こうした事実や事象は、我々の推論の諸前提をなすものです。こうした観察や推論は、自然それ自体によって人間に与えられた諸器官の、生来の機能なのですから。」

「聞くところによると」と、浮田は続けた。「政府はいわゆる危険思想を統制しようとしています。これは全くばかげた話です。思想家にとっては、思想が社会において有害かどうか、または何らかの影響を社会に対して行使するかどうか考慮することは、そもそもあってはならぬことなのです。そんなことをする思想家は真の思想家ではありません。国家が統制できるのは、個人の行為と個人の意志の表明だけです。なぜならば、今日の社会の発展段階は、我々の確信を無配慮に公言したり、我々の理想を実行に移したりすることを許さないからです。そしてその限りにおいて政府は、最大の配慮をしながらも、一定の程度で統制を行なう権利と義務を持つのです。進歩の敵は、既存の秩序や伝統、旧来の習慣に反するあらゆる行動を国家にとって危険であると考えて、それゆえに抑圧しようとする輩、ただこうした連中だけです。」

「そのご意見に賛成です」と、福本がその発言を受けて言った。「しかし政府は、原則的に言論の自由を認めている限りは、ただ何かしら有害な間接的影響が憂慮されるという理由からだけで、たとえば社会主義のような理念や教説の公言、単なる理論的考察にとどまり、実践的な行動を要求するのでもない公言をも禁止してよいのでしょうか。私はけっしてそうは思いません。」

「社会主義よりも」と、木村が割って入った。「遥かに悪いものが現在の日本にはある。日本人の大部分がそれに気づいていないと思いますが。それは何かというと、日本人自身の低級な動物的エゴイズムです。それは社会主義のように外国からやってきたものではなくて、内部から社会生活を深刻に脅かすものです。」

「社会的秩序と国民の道徳観は、我が国では以前、古来から伝わる統一された信仰に基づいていました。そうした信仰は、たとえそれが低い発展段階にあったとしても、ある程度に達していたのであり、それで足りていました。しかしそれは、現代世界や理性、学問に対応したさらなる進歩のためには不十分であり、それがために最近では目立って影響力を失ってしまったのです。それと同時に古き良き慣習の衰退が始まりました。思慮の浅い思想家はその衰退をヨーロッパ的な物質主義文明を日本に導入した結果だと考えていますが、実際のところは全く関係ありません。社会のあらゆる集団や階層に浸透しているこのエゴイズムの大きな原因はむしろ我々の民族の不十分な人間形成です。学校と政府にはエゴイズムに立ち向かう力がありません。エゴイズムは反社会的で、次第に社会を崩壊させるに違いない。我が国のあらゆる公的な企てが、外見とは裏腹に内的にはほとんど無価値であるということの原因はエゴイズムであり、それは病気の芽です。我々が社会を救い、社会に対して上昇の可能性をもたらそうというのなら、この芽を根こそぎにしなければなりません。けれども、どうやったらそれが可能なのでしょうか。そのために我々は何をすることができるでしょうか。我々の国民の普遍的人間としての形成はあまりに不十分であり、その知識はものごとの表面や現象に拘泥し、伝承されてきた信仰からくる無分別によって、道徳が軽視されています。これこそ私たちにとって最も差し迫った問題なのです！」

「政治的生活の中で」と、別の人が続けた。「我々もそれを経験しています。議会主義の統治形態というのは、民族の精神的発達の一段階を、とりわけ公共精神を前提にしておりますが、我が国ではまだその段階に達していません。この前提なくして議会主義は、日本の場合がそうであるように、成果を得ることはできず、それどころか危険なものになってしまうのです。このような状況にある議会主義がもたらす弊害を私たちは皆知っています。これらは実際、浮田さんがおっしゃったように、古い観念の消滅と低次元のエゴイズムの増大に原因を求めることができます。これについては残念ながら疑いようがありません。日本の議会主義の未来は暗澹たるものに思われます。」

「古い観念の早急な消滅は」と、山田氏が意見を述べた。「本来は、始まりつつある精神的発達の印であり、それ自体としては全く悲観すべきものではありません。国民を正しい道に導き、向上させるための手段と対策が見出されることだけが必要なのです。しかし一方で、多くの国民が依然として時代遅れの観念に縛られていることも嘆かわしい。特に貴族がいけません。政府が最近、近代的思想に反対し、偏見にとらわれない思想家に厳しい態度を取っているのも彼らの影響があるからです。ヨーロッパ人たちが、私たちを同等と認めなかったことは不思議なことなのでしょうか。我々が同一の精神的発達段階に到達しない限り、彼らに対し文句を言うことはできません。」

第十章

皆が去ると、福本は、あらかじめそうしようと決めていたとおりに明野嬢との関係について友人の斉藤に語り始めた。斉藤は、可能な限りの援助と仲介を快く約束し、久保伯爵に関する彼の不安を取り除いた。そしてさしあたっては全く今までと同様に明野嬢と交際し、また他人には一切何も気づかれないようにするということを福本に約束させた。本当のところ、斉藤は、福本に何がしかの希望を持たせるには、あまりにも明野嬢のことを知り過ぎていた。そもそも結婚はしないという彼女の決心を知っていた彼だが、友人を失望させたくはなかった。また福本の求婚が、明野嬢に直接拒否されてしまうという事態も避けたかった。時が経てば、彼の気をそらすか、あるいは、求婚が受け入れられる見込みは全くないということを彼に納得させることができるだろう、斉藤はそう考えた。

福本は希望に胸をふくらませた。しかし久保伯爵について考え始めると心中穏やかでなくなり、恋仇のことをもっと知りたいという気持ちに駆られた。その後まもなくあるパーティで久保と出会った福本は、久保の家で行なわれる気の置けない集まりに招待してもらう約束を取りつけた。

テーブルを囲んで絵画のことが話題となっていた。久保の父親の老伯爵は特に優れた審美眼の持ち主で、絵画に対して強い関心を抱いていた。

「現代の多くの画家たちは」と、彼は言った。「単なる職人の域にとどまっていますな。彼らは確かな技術を使いこなしてはいるものの、芸術の精神がほとんど感じられん。むろん根本において、今日、他の分野でも事情は大して変わらん。医者や教師のことを思い出してみたまえ。技術ばかりで、精神がこれっぽっちもない。そもそも今日の社会がそうなのだよ！　今日の日本全体がそうなのだ！　不完全で精神がない機械のようだ！」

食事のあと、若い久保伯爵はヨーロッパから持ち帰った絵画と本を書斎で来客たちに見せた。

「一体どうしてあなたは」と、福本は尋ねた。「政治の舞台で活躍なさろうと思わないのですか？」

「私の願いは」と、久保伯爵は答えた。「短い人生を可能な限り有意義に生きたいということだけです。我が国で政治の道に入ってしまうと、それは全く不可能です。」

「しかし私たち政治家が行なっている社会の改革は、今日果たすべき最も重要な課題だと思われませんか？」

「残念ながら私はそうは思いません」と、久保が言い返した。「政治家が行なっているのは、せいぜいのところ、様々な制度や形式、法律を表面的に改善することでしかありません。しかし真の改革は人間個々人が自分自身で、まず自分自身の内面で始めなければならないのです。それゆえ私はまず自分自身を、自分の内面の生を改革し、そのあとに、私の力で可能な限り他者のために努力していきたいと考えています。多くの人々が社会の欠陥を嘆いていますが、私たちの内面の方がいっそう欠陥だらけではないでしょうか。私たちの内面では、様々な力が協同して働いています。その中には代々受け継がれてきたものもあれば、自然や社会から偶然に、もしくは意図的に与えられたものもある。それらの真ん中に私たち人間の自我があります。この自我が人間の本来の意味をなします。自我が一定の高みへ発展を遂げたとき、その目的を自覚し、この目的に応じて各要素に影響を及ぼします。しかしいくつかの要素がそれに抵抗し、形になろうとはせず、可能ならばいつでも、抑えきれない力でもって、あらゆる努力を妨げようとする。このような要素に属するのが、私たちに生まれながらに備わっている本能的な感情です。こうした感情は、動物のように暮らしていた遥か昔の人間にとっては必要で望ましいものだったかもしれませんが、生活環境が根本的に変化した現代においてはたいていの場合きわめて不都合なものです。動物には、自らの身を守るための俊敏で強力な力と、それらの力を生み出す恐れや怒りといった感情が与えられています。状況によっては、これらの感情がその他の感情が生じるのを認めないということもありえます。また時折、性衝動が、他のあらゆる危険が見えなくなるほどに高まることがありますね。無教養な人間においても、似たようなことが見られないでしょうか。私たちはつねに、こうした私たちのうちにある生まれながらの、あるいは教え込まれるか受け継ぐかした全く無意味な習慣、因習、考え方と戦わなければなりません。私たちの自我をそれらから解放するためにです。」

「ですからこのことを認識するまでに至った人は、まず外界の改革を目指すのではなく、第一に自分の内面の改革に努めます。そのことなしでは満足を得られないだろうからです。自我が内面の多様な諸要素を、それらが生の目的のために協同して調和的に働くように組織した場合にだけ、真に満足できる幸せな生を送ることができるのです。」

「でも」と、福本は言い返した。「本能やその他の無意識的で先天的な素質は、いわば人類が長い長い進化の過程の中で、外界に対する様々な諸関係に対応して身につけてきた、いわば習慣ではないのでしょうか。そうだとするとこれらの習慣は、各人が、限られたその個人的経験から得ることのできるすべてのことに比べて、より信頼に値するものとはいえないでしょうか。あなたは、あらゆる本能を全面的に否定するおつもりですか。」

「違います」と、伯爵は答えた。「それらは選択され、制限されなくてはなりません。確かに生まれながらの素質を生の衝動そのものだと見なし、それゆえそれに絶対的な権威を与える哲学者もいます。しかしそれは完全に間違っている。なぜなら、そのような素質が発達した当時の時代状況と現代の時代状況は全く異なっているからです。私たちの生は、ただ本能に従っているだけの動物にみられる単純な生とは全く異なっています。教養のある人にとって〝生〟とは精神的な生を意味し、肉体的な生は、彼らにとって、精神的な生が存在するための多数の条件のうちで最も重要な条件であるに過ぎません。すでにこのことによって証明されているのが、まさに精神的な生のために肉体的な生を顧みない人が少なからずいるという事実です。ですから動物に見られる現象を人間の生に単純に当てはめることは全くもってできない。生まれながらの素質ではなく、理性に基づく思考が私たちの生を導くべきなのです。」

「ところで、認識は経験に基づいていますが、認識の主観的な基本形式である理性はそうではありません。それは意識それ自体に内在する確固たる形式であり、進化の過程の中で脳が徐々に獲得したものです。そのため何か生まれながらのものに絶対的な権威が与えられるとするならば、それは何よりも、意識の根本的で最も一般的な形式としての理性にこそふさわしいのです。理性なくしては意識そのものが全く成り立ちえないのですから。自我も理性の諸形式に従って活動します。そもそも自我は、理性の体系が我々の内面の生に現れた瞬間に、目覚めるものなのです。」

「私には」と、福本は反論した。「そのような改革された生には、ほとんど楽しみがないものに見えますが、久保伯爵。」

「それは全く違う！」と、返答が返ってきた。「私は、快楽主義者のように快楽それ自体が人間の生の究極の目的だとは全く思いません。我々の精神的な生は快楽だけに向かうものではありません。むしろそれどころか、目前に迫った不快を恐れず何かに努めることさえしばしばあります。私が考えている内面の生の改革とは、改革された生が快楽を与えることができるか否かを問題にしているのではありません。この改革の行きつく先が快楽とは言えぬものになるとしても、私はそれに向かって努力するでしょう。しかし、この改革された生ではそうはなりません。むしろ、私たちの精神的な生は以前とは全く違う新しい状態になり、いっそう高次な快楽をもたらしてくれるでしょう。私は人生から快楽や感性的衝動の充足を取り除こうとしているわけではありません。ただ、あらゆる衝動や快楽を自我の支配下に置きたいだけなのです。精神状態の完全なる改革を行なえば、それとともにあらゆる感情が変化します。たとえば感性的な衝動の充足を快楽と感じる人もいるでしょうし、反対にその抑制をそう感じる人もいます。改革された生における快楽は主として精神的な条件の中にあり、しかもそれは持続的であるばかりか、不快を引き起こすこともないのです。こうして改革された生にあってのみ、他の人が全く知らぬような真の幸せを享受することができます。少なくとも私にとってはそうです。私は完全に満ち足りており、今や他者の生の同じ意味での改革に向けて努力しているのです。直接的な方法で啓蒙することはあまり有効ではないと考えているので、間接的な方法を試み、長編、短編の小説を書いています。それによって読者にこれまで知らなかった世界について気づいてもらい、自分自身について考え、自らの生を変革する道を自分で探して見つけ出そうという要求を彼らのうちに呼び起こしたいのです。」

「それは立派なことです」と、福本は言った。「あなたがそれに成功すれば、少なくとも国民のうちの上位の指導的な階層をこのような方法で改革することができれば、社会全体の改革ももはやたやすいでしょう。あなたは、私が今このような問題にどれほど強い関心を持っているかお分かりでしょう。是非もっとこのことについて話をする機会を持たせていただきたいものです。」――その晩、福本は満足した。久保伯爵について、彼が本当に興味を持っていたことを、知ることができたと思ったからである。彼が本当に知りたかったのは、内面の生の改革についての問題ではなかった！

第十一章

上野公園を通り、音楽学校を過ぎると、静かな森にたどりつく。巨大な杉の老木たちの間には、二、三の仏寺と、修行僧や住職が住む屋敷が点在する。その近くに、小さな庭を有した二階建ての質素な家があるが、周りに生い茂る木蔦のせいで街道からはほとんど見えない。だが時折人々が立ち止まり、家の中から聴こえてくる甘美な旋律に耳を傾ける。

その家には、約十年前にヨーロッパから帰国したピアニストの杉富造が住んでいる。研究に没頭する日々を送っており、まだ名を成してはいない。

杉富造は、浅間山のふもとにある小さな村の出身で、中等学校を卒業するまでそこで暮らした。今は故人となっていた父親は、裕福な養蚕家だった。勤勉でまじめだが、頑固かつ古風で、他人の助言などには耳も貸さなかった。母親は農家の娘で教養はなかったが、感受性が強く、親切で賢い人だった。富造は三人の子供の長男で、父親からは意志の強さを、母親からは洞察力と繊細さを受け継いでいた。幼い頃から音楽に対して強い興味を示し、少年の頃にすでに音楽家になりたいという願望を持つようになっていた。だが父親の考えは違っていた。旧習に従い、長男として家と家業を継がねばならず、農学校の卒業後に結婚する相手も、すでに決められていた。富造が農学校の卒業証書を持って帰宅したその日、父親は当時十七歳だった息子に対して、今後の進む道について、喜んで受け入れるべき当然のことであるかのように説明した。しかし青年のうちにある芸術への渇望は、教え込まれた従順さを凌駕していた。富造はそっと森へと出かけ、何をすべきかをじっくりと考えた。最終的に彼は自分の思いを母親に打ち明けた。母自身、息子の憧れを完全に理解していたわけではなかったが、それでも父親を説得しようと試みてくれた。しかしそれは無駄だった。むしろ逆効果だった。

勘当された富造は、東京へ向かった。故郷の学校に通っていた頃から知っていたある先生の家に住みついた。新聞配達をして生活費を稼ぎ、余った時間を音楽の練習とドイツ語の勉強にあてた。

杉富造が通ったのは、吉見玄太という裕福な商人が経営する私立の音楽学校であった。吉見はヨーロッパ音楽を非常に高く評価しており、それを日本でも普及させようと莫大な資金を投じた。すべての芸術の中で最も優れているのが音楽であり、音楽の普及が日本人の高度な精神的生の発展にも寄与しうると確信していた吉見は、若い杉を特別に援助することが自分の義務でもあると考えた。学校の先生たちから、杉が並はずれた才能を有していると聞かされていた彼は、杉を呼びつけて、信頼できる人格の持ち主で真面目に努力していることを確認すると、生活費と音楽教育のための費用を負担すると申し出た。「これはあなたのための親切ではありません」と、吉見は言った。「音楽の発展と人類の進歩のために行なうことなのです。」

それ以来、音楽学校に通い始めた杉は、ここでも同級生の中で抜きんでた才能を発揮するようになった。彼はまもなく、単に優れた技術を有しているだけでは真の意味で優れた音楽家になるには不十分であるということと、聴衆の精神を高めるためには、音楽家自身が精神的に優れた人物でなければいけないということを知った。そのため、音楽学校を卒業後、ドイツ人の音楽家の下で音楽の練習を続けるかたわら、空いた時間を教養の勉強にあてるようになり、三年間の間、帝国大学の哲学の講義を聴講した。

だが彼はそれにも長い間は満足し続けることはできなかった。小学校では、と彼は思った。文字の読み書きを学び、中学校では教科書に載っている文をひたすら暗記しなければならず、そして大学ではヨーロッパの大家たちの学説について述べる教授たちの言葉を、ただノートに書き写すだけに過ぎない。日本ではそれ以上のものは何も見つけられない——吉見にヨーロッパに行きたいという希望を伝えると、彼は喜んでそれに応じてくれた。まずドイツに渡った杉は、五年間音楽と哲学を学び、その後二年間フランス、イタリア、イギリス、アメリカに滞在した。このことを知っているのは吉見だけだったし、自分のことを気にかけてくれる人も吉見以外にはいなかった。吉見は、杉の帰国後、彼が何の心配もなく勉強を続けられるよう、上野公園に静かで快適な家を用意してくれた。

当時——杉が東京に戻ってもうすぐ一年になろうとする頃、女子師範学校の教諭で女子教育と家政学の研究のために何年かアメリカに留学していたある女性と、吉見の家で知り合った。田中須美というこの女性は、何度も会ううちに、杉の人柄に強い印象を受けた。彼女はまもなく杉を愛するようになり、そして彼もまた、それまでに経験したことのない感情、すなわち恋愛感情が自身の内に芽生えていることを悟った。須美が親しくしていた吉見夫人に自分の思いを打ち明けると、夫人は夫に二人の仲介役を務めるよう勧めてくれた。吉見は快くそれに応じた。

「杉が同意し」と、彼は言った。「また彼女を愛しているのなら、二人は間違いなく幸せになれるだろう。彼女は名望ある家に育っているし、多くの娘たちより高い教育を受け、健康で、遺伝的な疾患も有していない。女学校の校長をしている名声ある兄が一人いるだけなので、親戚付き合いも非常に簡単だ。彼女は杉にとって間違いなく善き妻となり、また有能な助力者となるだろう。」

杉はしばらく考える時間がほしいと頼んだ。何か行動を起こす際、徹底的に熟慮することを常としていたからである。だがこの場合には、それがいかに正しかろうともあらゆる論理が役に立たなかった。彼は心をとらえられていた。愛が、彼をすでにその決断において不自由にしてしまっていたのだ。

第十二章

結婚してまもない若い二人は、数ヵ月間、愛の陶酔におぼれた。しかし、杉の酔いは徐々に醒め、以前と同じように学問の方に関心が向くようになった。再び学問へ集中すればするほど、なぜ結婚したいという欲求にこれほどまでに支配されてしまったのかという疑問が彼の中で大きくなっていった。結婚前には考えてもみなかった様々な思いが浮かび上がってきた。当時、杉は結婚による喜びについてばかり考えていて、精神的により低い位置に立つ人と共同生活していかねばならない場合に、結婚がもたらす制約やわずらわしさについては思い至っていなかった。妻のことを、日本人女性にしてはかなりの教養と芸術への感受性を備え、主婦としても素晴らしい女性だと認めているのにもかかわらずであった。

妻の方は反対に、全く幸せだった。自分がこんなにも素晴らしい男性を見つけることができたことが嬉しかった。いずれ彼の傍らで社会的な役割を果たせるようになることを願った。そして結婚一年後に二人の間に男の子が生まれたとき、彼女の幸福は完成されたように思われた。自分の意識が十分に発達していないがために、子供も誤った方向に教育してしまう一般の親たちとは異なるやり方で子供を教育しようと思っていた彼女には、子供をとおして、自らの精神的な生も新たに広がっていくように思われた。

一年が過ぎたが、二人はそれに気づかなかった。夫は学問に没頭し、妻は子育てに身を捧げていた。ある日の食後、二人は遊んでいる子供を眺めていた。父親は気真面目に物静かに、そして母親は心から楽しそうに。

「なんて可愛いんでしょう。」彼女は微笑んだ。

「いや」と、夫が返答した。「僕にとっては、可愛くも、可愛くなくもないな。人間の子供にもときおり動物の低次な性質が表われる。」

「じゃああなたは、こんなに健康で賢い子供がいるということが幸せじゃないの?」

「いや、だからこそ僕は幸福だとも不幸だとも感じないんだよ。子供が死んだら君は不幸になって涙を流すだろうね。」

「ええ、きっと。でもあなただってこの子のことを愛しているように見えるわ。だってこの子が成長していく姿をいつも注意深く見ているじゃないの。」

「違うよ」と、彼は答えた。「僕はこの子をまだ愛してもいないし憎んでもいない。ただ僕はいつも人類に対する僕の義務を意識しているだけなんだよ。子供というものは僕にとっては兄弟と同じであって、その成長を注意深く見守らなければならないんだ。子供というものを自らの所有物のように扱う必要はなく、人類から託された何ものかとして扱うべきなんだよ。だから人は保護が必要な間だけ、両親を切望する。だが成長して両親の保護をもはや必要としなくなると、精神的に両親から独立して、自分自身を中心に生きようとする。しかしこのような精神的な自立は徐々に生じてくるものだから、両親はたとえ幼少であっても自分たちの子供の精神のすでに自立している諸部分に干渉すべきではない。自分たちの子供を自分たちの所有物のように扱う両親は、子供が自立したあとも、まだ干渉しようとするけれど、そうした干渉は単に無駄なだけではなく、子供の人格に対して有害以外の何ものでもないんだよ。子供の自立とともに両親の権威と義務は完全に無効になる。子供が両親の保護を必要としている間だけ、子供は完全な成長のために必要な諸条件を両親に求める権利がある。それに対して両親は、すでに自立した子供に、自分たちが行なってきたことに対する恩返しを求める権利はないんだ。」

「それじゃあ両親というものは個々人として考えると、ずいぶんと損な役回りをしているんじゃない？」と、妻は尋ねた。

「ああ」と、杉は答えた。「だから、つねに理性に従ってのみ行動するというのならば、人間といえども親になりたいなどとは思わないだろう。でもなるんだよ。ショーペンハウアーの言葉を借りれば、自然に欺かれているのだ。性愛という魅惑的な美酒に酔っている間は、人は親としての義務を果たすことを人類に誓う。だが酔いから醒めてそれが錯覚であったことに気づく前に、親としての義務を果たし始め、望むか否かにかかわらず、果たし続けないといけなくなる。失望をある程度和らげること、ただそのためだけに、自然は彼らに両親としての愛を与えたんだ。そのためだけにね。親に本当にこの義務を遂行させ得るように仕向けるのは、理性だ。一方、愛は子供の成長を阻害する。自然のやり口は、我々のやり口とは大きく異なっており、それは多くを死なせ、ごくわずかしか生き延びさせない。我々の理性が生得の本能を完全に支配できるほど高くなれば、人間生活も非常に大きく変わるだろう。」

「それじゃああなたの考え方によれば、両親に対する子供の愛と感謝の心は完全に消えてしまうってこと？」

「いや、子供は両親が普通思い描くような形ではなく、ただ他人に対してと同様に愛したり感謝したりするんだよ。もし子供が両親の中に愛し尊重すべき性質を認めるのであれば、子供は自然に父親や母親を愛し尊敬するだろう。両親が子供に感謝の気持ちを起こさせるような何かを示したならば、子供は両親に感謝するだろう。しかし親が子供に、ただ親であるからといって、親を愛すること、尊敬すること、感謝することを強いてしまおうとすると、それは無意味で空しいものとなってしまう。精神的にすでに自立した子供とその両親との関係はもはや特別なものではなく、ただ一般的な倫理関係に過ぎないんだよ。」

「それならば、もしかしたら教養やお金のない両親に代わって、社会主義者が考えているように社会が子供の教育を引き受ける方が、実際には良いのかもしれないわね。」

「もちろんだ」と、杉は答えた。「根本的にはとても賢明なことだ。特に、より高度な社会の発展のためにはね。我が国にあってさえも部分的にはそのようなことができても良いはずなのだが。」

「それでもまだ結婚は必要なの？」と、夫人は尋ねた。

「それは疑わしいな。少なくともその形と意味は大きく変革されねばならない。結婚したからといって二人の人間が一緒に生き続けねばならないという考え方は、社会がまだ低い教養の次元にあったときの習慣に基づいていて、理性的な根拠を持つものではないんだよ。だから今日では、結婚を通じての、家庭での子供への教育は、人間の活動や成長に大きな弊害をもたらすと思われている。一度結婚しただけで、男と女が半永久的に一緒に生き続けねばならないというのは何よりも厄介で強迫的だと思わないかい？」

「それは明らかに言い過ぎだわ」と、彼女は答えた。「もしそうだとしたら生きる喜びの一番の源泉である家族の基盤が根本から崩れてしまいます。少なくとも私はその考えには賛同しないわ。」

「そうとも言えるかもしれないが」と、杉は言った。「伝統に捉われて生きている者は、そのような浅薄な考えしかできないだろうな。家庭の煩いは人間からその能力の大部分を取り上げてしまい、より高い発展と真に価値ある生を阻害してしまう。男と女がともに暮らし、毎日毎日些細なことをおしゃべりすることを、人は家庭生活と呼んでいる。そのような生活のどこに精神的存在としての人間にとっての崇高な喜びがあるというのだい？」

「それじゃあ、あなたが崇高な喜びの源泉であると考えている芸術や哲学について、家族の間では語ることができないというの？　家族の中では音楽も楽しめないというの？」

「できるさ」と、彼は返答した。「だが根本的には家庭はそれにふさわしい場所ではない。家庭の外での方がより望ましいということはたしかだ。」

第十三章

約一年前から、杉は明野ミツとともに、日本人の音楽的素養についての様々な哲学的研究に取り組んでいる。そのために彼らは何度も集まり、芸術と学問をめぐる多くの問いについて親密に、また遠慮なく語り合った。ある寒い冬の晩、彼らは明野の家の心地よい書斎で時を過ごしていた。

杉は言った。「あなたは、作家として女優として並外れた成功を収めていますが、私はあなたの頭の中には何らかの秘められた力があるに違いないと思っています。というのも、あなたの高い才能というだけでは私には十分に納得できないからです。私にその秘密を打ち明けていただけませんか。」

「あらまあ」と、ミツは叫んだ。「わたくしは天才ではありませんし、そのような秘密もありませんわ。わたくしの精神生活は、いつも静かに平穏に流れていくのです。劇にしようとするテーマは、ふとした拍子に思いつくのですが、そうなればわたくしは、とらわれることなく客観的に考え抜くのです。最終的に、その着想を芸術としてできるだけ適切な言葉ではっきりと表現し、劇が完成します。そして舞台では、わたくしはただ全力で、可能な限り自然にありのままに劇的なものを表現するよう努めるだけです。書くときでも演じるときでも、わたくしは世間がどう批評するかなどは全く考えていません。ただ自分の最善を尽くすことだけに全力を集中しています。もちろん、わたくしは批評を後でしっかり読んで勉強します。ですが、それはただ、批評からわたくしの芸術の改善すべき点を発見できればという思いからだけで、世間で言われている成功のためではありません。成功は、わたくしにとってどうでもいいことだからです。わたくしにとってのすべての価値は、わたくしの精神状態、すなわち、わたくしの全力を尽くす極度の努力そのものにあるのであって、努力によって得られた表面上の成功に価値があるわけではありません。」

「一般論として言えば、あなたにとっての倫理的な価値は、つまりただその動機にあるということなのですか。」

「いいえ」と、彼女は答えた。「わたくしの意見では、ある行動における精神状態全体にその倫理的価値があるのです。人はなにか行動を起こす前に、行動の目的やそれに必要な手段について想像するはずです。そして、この想像を明確かつ確固たるものにするために、人はまず、考慮に値する特定の形をはっきり認識するという倫理的な義務を負うのです。もしそこまで進んで決心ができているのならば、実行の段階においても外界の状況にうまく適合し、用心深く、しかし熱心に全力で行動すべきなのです。倫理的な価値というものは、人が倫理的な義務を負っているこの精神的な経過全体の中にあるのです。

むろん、人間の認識がほとんど永遠に、制約されたものである一方で、外界の状況は絶え間ない変化に支配されています。それゆえに、熟考の末の非常に用心深い行動であっても失敗に終わってしまうことは多いですし、その逆に、もし状況が突然予期せず幸運な方向へと転じた場合、ほとんど考えなしの行動がたまたま成功することもあります。ですから、結果に関していえば、行為者には何らの義務も生じず、従ってまた結果に倫理的な価値はありません。人間が持つ意志というものによって影響を受けた行為者の精神状態にのみ倫理的な価値があるのです。また、その価値とは、動機のみを理由として決められるのではありません。なぜなら、動機や目的が一定の倫理的な基準に基づいて判断できたとしても、方法についての考慮や実行における用心の面で誤りが生じてしまった行動は、何の倫理的な価値も持ちえないからです。もしある行動が、心理的にみてあらゆる点で正しければ、たとえその行動が成功しなかったとしても、その行動は善い行動と言えます。それゆえに、本当に倫理的に生きる人は、何が起こってもいつも満足しており、けっして失望することがないのです。なぜなら、彼は自分の生の倫理的な価値を一瞬一瞬に意識しているからです。」

「あなたの考え方や信念が」と、杉は言った。「はっきりと理解できました。哲学を勉強なさってはおられますが、ご自分の生に対してそれほどまでに確たる信念をお持ちであるからには、哲学以外に何か他の理由があるからにちがいありません。ご存じのとおり、私も哲学の研究に取り組んでいますが、私はただすべてを否定することができるだけです。肯定すべきことは、私には何一つないように思えるのです。私にはすべてどうでもいいことなのです。すべてを否定しながら、私は沈黙の暗闇の中にいる――。これが私の生です。そして、この気分を音楽的に形にしていくことが私の唯一の営みなのです。」

「あなたの否定には」と、ミツが答えた。「わたくしは賛同しますわ。否定が可能である限り、わたくしもまた、すべてを否定します。あなたと同じですわ。でも、否定するからにはまず、否定しえない真理を見つけなくてはなりません。それがあって初めてその否定は、暗闇ではなく真理の光の方へと向かうのです。ところが、あなたの否定はいまだ全く不十分な段階にまでしか進んでいないがために、まだ暗闇の中に生きておいでなのです。」

「あなたは〝真理〟とおっしゃいましたが」と、彼が反論した。「その存在は認めてよいものでしょうか。〝真理〟などというものは全く存在しないのではないでしょうか。なぜなら、外界からの刺激によって引き起こされる感覚が、疑いなく認識の素材を成しているからです。しかし、質的にはこの感覚と外界の刺激との間には何の関係も存在しません。というのも、その感覚が惹起される直接的な条件は、外界からの刺激ではなく、神経系の生理的な刺激状態にあるからです。ですから、感覚は、いわば外的刺激が持つ特性ではなく、この生理的刺激が持つ特性であるといえるのです。たとえば、視神経の末端器官を圧力や電気によって刺激してやることでも、光の感覚は呼び起こされます。何らかの方法で神経を刺激することで、外界の対象による刺激なしで感覚を惹起することができるでしょう。我々が認識している外界は、それゆえに神経刺激の性質によって染め上げられた世界でしかないのです。」

「さらに私は、認識と思考の形式も批判しなければなりません。認識の形式や思考の原則は、カントが言うように感覚から生じえないものではありますが、それらは疑いなく脳の生理機能の性質でしかないのです。なぜなら、もし脳の活動が停止したり中断したりした場合、認識や思考もまた無に帰してしまったり、妨げられたりしてしまうからです。すべての認識と思考は、この形式に従ってのみ成立しうるのです。たとえば、私たちが、刺激に対応する何かが外界にあるという判断を下したとします。この判断は、主に因果関係の原則に基づいています。私たちは外界のすべての現象の起源を物質と力《エネルギー》に求めますが、これは認識と思考の形式に従って行なわれる判断によってのみ可能となります。カントによれば、この認識と思考の形式あるいは範疇《カテゴリー》は、外界との多くの相互作用による神経系の長期にわたる進化の継続の過程でゆっくりと成長するものです。しかし、これらは神経系の構造と刺激状態によって規定されているために、外界の形態の直接的な模写ではないことは全く明らかです。」

「すべての精神活動の土台となる神経群とそれらの活動は、当然物質と力に還元されなければなりませんが、この判断もまた脳の生理機能特有の形式に基づいているものですから、物質と力は、この形式なしには全く考えられません。」

「物質と力には、その性質上、当然私たちには認識できないような実体が存在するはずだとよく言われていますが、しかしながらこの見解もまた、ただ因果関係の誤った適用に基づくものでしかありません。因果関係とは、神経系の諸性質により色づけられた世界の外側では通用しません。この神経系による世界の色づけがなくなると、すべての思考は終わりを迎えざるをえず、いかなる判断も存在せず、すべてのものは、思考が到達しえない、暗く形のないカオスになってしまうのです。それともあなたは本当に、真理を見つけることができると信じておられるのですか。」

「あなたがおっしゃることにはすべて、」と、ミツが答えた。「同意いたします。ですが、それは思考の終焉を意味するわけではけっしてありません。なぜなら、私たちがまだ矛盾を見出せる限り、私たちは考え続けることができます。またそうしなければなりません。すべての矛盾がなくなるまでです。もしある判断に達したならば、自分のすべての精神活動をその判断と調和させることを試みるべきですし、そしてその結果、わたくしたちのすべての判断だけでなく、その精神活動全体が完全な調和の下にあるようになれば、さらにその人自身もまた完全な満足を得られるでしょう。」

「あなたは正しいですよ、明野さん」と、杉が言った。「あなたの中には、あらゆる哲学よりもさらに奥深くに達した何か偉大なものがあるのですね。それこそがきっと、あなたが森田先生のおかげで手に入れたものであるに違いありません。一度私を先生のところへ連れて行ってくださいませんか。」

「もちろんです。次の日曜日に一緒に参りましょう。」

第十四章

ドイツ中学校の校長である木村は、学校の制度内で彼に与えられていた活動範囲に満足できなかった。森田主義を成長過程にある若者にだけでなく、年長者たちや様々な階層の人たちにも広めたいという欲求を感じていたのである。そのため、木村は、水曜日と土曜日に自宅で、誰が来ても助言が得られる公開の面会時間を設けた。そこにはいつも多くの若者と年配者が来ていた。この土曜日の午後も同様で、最初に来たのは一人の学生であった。

「私は聞きました」と、学生は切り出した。「人間の思考は、物質的に連結する部分がなくても、他人の思考と結び合うことができるという見解の人が少なからずいると。幾人かの学者はこのことを実験によっても証明したといいます。木村先生、本当にそうなのかどうかをお伺いしたいです。」

「どんな実験を行なったのですか」と、木村が応じる。「これは、まずなによりも徹底的に明らかにする必要があります。多くの人は、実験によって説明されたと聞いただけですべてのことを信じてしまいます。しかし、それほど簡単な話ではないのです。厳密な方法論に基づかずに行なわれた実験は、そもそも何の価値もありません。ですから私は、あなたに薦めたい。最初に、その実験が理論にかなった形で行なわれているかという観点からもう一度徹底的に調べてみることです。その上で、またお会いしましょう。」

次は若い画家であり、彼はすでに先月一度来て、人間は本能的な衝動を満足させること以外には他に何もする必要はないのだという意見を述べていた。そのときの会話が、彼に再考をうながしたようだった。

「私は今」と、彼は言った。「私のかつての主張が間違っていたことをすでに納得しました。先生にあのとき申しましたように、なるほど私は、多くの伝統的な風習と宗教的な教義の権威を否定します。私の精神はこれらから完全に自由なのです。しかし、本能的な衝動を満たすことも私を満足させません。その際、私が完全に自覚しているわけではない何か理想的なものが、私を導いているにもかかわらずです。理想と本能的な衝動が調和して、初めて満足が得られるものと私は思います。従来の風習は、通常は本能に敵対的で、それを抑圧しようと試みてきましたが失敗しました。しかし、私たち自身の内に生きている理想は、本能に対して全く敵対的ではなく、ひとえに本能を導くのです。これこそが、人間それ自体を動物から区別するのです。だから私たちは、この理想に導かれて私たちの本能的な衝動を満たすべきなのです。」

「そういうことです」と、木村は答えた。「そして、今度は、理想の本質が何なのか、どのようにそれが生じたのかを考えるようにしてごらんなさい。同時に、あなたの理想に合致するようにさらに勉強を続け、あなたの精神生活全体が理想と調和するように努力しなさい。」

今度は、ある学生が入ってきた。この学生によると彼は、ベルグソンの『創造的進化』を読んでいて、その中で次のような文章を見つけた。「人間は不断に変わるということ、そして、その状態そのものが、すでに変化に起因するものだったということは真実である。」「どうなのでしょうか、木村先生、このような認識は可能ですか?」

「あなたは」と、木村は言った。「この認識についての正しく精確な理解にはまだまだ至っていないようですね。どのような意味でベルグソンがこうした認識を述べるのかも理解していないように思われる。この認識は現実の複製では全然ないのです。それは、私たちには理解できないように思われる抽象化されたものに関わっているのであって、それ以外のすべてのものは、いつも我々の認識からは完全にこぼれ落ちてしまいます。ベルグソンが〝人間は不断に変わる〟と言っているのは、現実に関連してであり、〝状態〟と述べているのは認識されたものに関連してです。あなたはまず始めに、論理的に思考することを学ぶのが良いでしょう。そうしないと読書も無駄なものとなってしまいます。論理的に思考する頭なしに読むことほど危険なことはありません。」

「論理的思考を学ぶためにはどのような本がいいですか?」

「論理学の教科書を読むことは全く意味がありません。むしろ自身で論理性を身につけなければなりません。あなたは大学でほぼ三年間、論理学、心理学、哲学史の他、いろいろな講義を聞き、それらに関する本もたくさん読みました。あなたが勤勉で才能があることも分かっています。しかし、あなたの頭は残念ながら、ほとんど論理的に考える訓練を受けていない。いつも厳密に論理的に思考をするということを練習して身につけなさい。自身で〝どのようにして認識という行為が生ずるのか〟という質問の答えを探してみなさい。そして、次にお見えになるときにその成果を私に話してください。しかし、誰か権威ある人の見解ではいけませんよ。」

次の訪問者は初めてやって来た人だった。五十歳くらいの男で、うやうやしく挨拶をして、自分の来歴を語り始めた。

「私は実業家です。高等商業学校に通ってから職に就き、ひと財産築くために二十年以上にわたって労苦を惜しまず働いてきました。その間、この目的のことだけを考えてきました。他のことは私にとって世界に存在しないように思われました。そうこうしているうちに私は実際に財をなし、物質的には何不自由なく、自然的な欲求や社会的快適さへの一般的な願望を満たすこともできます。しかし、それらのすべては私を本当に満足させてはくれないのです。私は、それが単に表面的で一時的な喜びに過ぎず、心の底まで達して長続きするような喜びとは感じられないのです。そのため、そのような深い喜びを、一般に最高の精神的な楽しみの源泉と見なされている絵画と音楽をとおして得ようとしました。しかし、それでも本当に満たされることはありませんでした。そうした次第で、私の内面の生のむなしさを認識するに至ったのです。そこで、高度な思考と感情で自分を満たすために、本を読むことを始めました。しかし、ここで分かったことは、単に原材料を集めることしかできないだろうということでした。というのも、私には、重要な栄養素を選び出し、それらを消化する能力が欠けていたからです。さらに混乱しないために、ご指導を仰ぐべく、ここへ参りました。」

「あなたに必要なことはたった一つです」と、木村は答えた。「それは真理に達することです。それを見つければ、すべての問題は即座に解決します。また真理への道は、全く険しいものではありません。一つの任意の対象から始めて、進んでゆくことができます。ここに例として、一つの質問があります。〝人生とは何ですか〟というものです。熟考して人生の真実をしっかりと突きとめるのです。そして、一つの対象についての真実を一度でも見つけたならば、それに応じて、自分の精神が持つすべての中身を整理しなければなりません。これが自己形成です。このやり方で一歩一歩進んでいけば、最終的には、真理そのものへと辿り着くことになります。しかし、人間は通常、哲学者がそうしているようにある一つの対象から、概念だけを獲得しようと試みます。この概念に合わせて自己形成をすることなしにです。この方法では真理を見つけることはとてもできません。」

「ある一つの対象についての真実を突きとめるためには」と、その実業家はさらに質問した。「その対象を精確に探求しなければならないわけですが、しかし、それは専門家にだけ可能なことではないでしょうか。どのようにして、そのような場合にあって、正しい認識を得られるのでしょうか？」

「もちろん」と、木村は彼をなだめた。「私たちはすべてを自分一人で探求することはできませんし、またそれは全く必要なことでもありません。信頼できる専門家が確信を持って突きとめたことは事実として受け入れることが可能であり、またそうすべきです。熟慮する際に、自分の思考範囲に受け入れてもよいでしょう。しかし、あなたはどの問題を解くことに最も迫られているのですか？」

「人間の人生の最終目標は何かという問いです。私にそれについて説明してくださいませんでしょうか？」

「あなたは良い対象を選ばれましたが、説明を乞うことはよくありません。最初から他人の考えを聞くのではなく、まず自分ではっきりと認識するように試みなければなりません。そうしないと、けっして真実に到達することはできません。つまり、自分で答えを探すことに全力を傾けて努力することです。そしてあなたが一つの答えを見つけたら、もう一度来て、遠慮なくそれを言ってください。あなたの思考の道筋に間違いが見つかれば、それを教えましょう。そしてあなたがすべてを徹底的に理解するまでもう一度そのことについて話し合いましょう。」

この男が帰ると、一人の官吏がやって来た。仏教の汎論理主義の信奉者であり、前回の訪問の際に木村から考察の課題として出された質問に答えるためにやって来たのだった。その問いとは「何ゆえに、私たちが実際に経験するような無限の差異が、本質的に全く差異のないものの中に存するのか」というものだった。

「私が信じている仏教の形而上学によれば」と、その男は始めた。「宇宙は本質的に差異を持たないが、差異のないものから発生してきたわけではない。しかし、それにもかかわらず私たちが見ている宇宙は、無限の差異に満ちています。それでは、どうして差異が存在しうるのでしょうか？　これは大変大きな問題です。宇宙の本質に属さない差異は、差異のないものについて考察する人間の錯誤にもっぱら基づいているのです。私たちは錯誤するので、私たちは差異を設ける。そして私たちが差異を設けるから、宇宙が存在するのです。すべては私たちの錯誤の産物に過ぎません。しかしながら、私たちがこの錯誤から自由になることができれば、すべてが差異のないものとなります。仏教は、差異のないものと差異を持つ世界との関係をこのように考えるので、それゆえ私たち仏教徒は、いかにして差異のない実在が差異を持った宇宙へと発展したのかという問いには全く答える必要がないのです。私たちにとって必要なのは、錯誤から解き放たれるために目覚めることだけです。」

「そのような仏教の形而上学を」と、木村は答えた。「私はよく分かっています。しかし、仏教徒の皆さんは、そのいわゆる錯誤がどのようにして生じたのかという問いに対してどのように答えるのでしょうか。」

「錯誤はけっして生じたものではありません。始まりなく存在していたものです。」

「それは、仏教徒の常套的な回答です。しかし、この答えは全く非理性的です。なぜなら、錯誤の存在を容認するならば、二元論を認めてしまうことになる。仏教徒は、差異を設けることを、その固有の教義に従って錯誤と呼びますが、一般的に受け入れられている考え方によれば、差異を設けることは意識の最も重要な機能に他なりません。意識は差異の設定であり、差異の設定なしには意識はありません。」

「しかし、差異を設定することが可能となるためには、客観的に区別されうるべきものがそこに存在しなければなりません。そうでなければ私たちは差異を設定しません。たとえば、私たちは同じ色を見ても全く差異を設けない。しかし私たちが色のなかに差異を設ける場合には、客観的に区別されうるものが存在していなければなりません。区別されうるものなしに差異の設定は不可能です。従って、仏教徒が差異の設定の根拠を理性的に説明することができないならば、仏教の形而上学は役に立たないということになります。あなたは、これほど非理性的なことを信じるべきではありません！」

「しかし、どうしてこの信念を変えることができるのでしょうか？」

「それについて、あなた自身でじっくり考えて、いずれにしてもあなたが仏教を信じる限りは、いわゆる錯誤の理由を説明するように努めなければなりません。しかし、この理由についての疑問を度外視すれば、私たちはともに実践的な側面を問題としていますね。あなたが言うように、宇宙がそれ自体として本来差異のないものならば、あなたは自分の理念と生をそれに合わせなければならないでしょう。しかし、それは本当に可能かどうか。これをじっくりと考えてもらいたいですな。」

第十五章

森田の住まいから遠くない霊山の丘の麓に、質素な小さな家が建っている。そこに住んでいるのは平野勝とその妻の老夫婦である。彼らは丘の上に住まう紳士の家の面倒をみている。

平野は東京出身であった。小学校修了後、キリスト教系の中学校に通い、敬虔なキリスト教徒となった。大学では哲学を学び、それから長いこと中学校の教師をしていた。彼は、並々ならぬ熱意を持ってカントの倫理学についての研究に没入した。実際に宗教的見解において非常にカントに近かったからだった。

神の理念は、生まれつきのものであるかのように、彼の精神の中にきわめて堅く根を下ろしていた。なぜなら、まだ自然科学の認識も、批判を展開する能力も持っていなかった頃に、もうすでにキリスト教によって強く影響を及ぼされていたからである。

彼が考えるに、神とは、当然認識の対象ではありえない。というのも、神は、この認識が到達することのできる領域の完全な外側に立っているからだ。私たちの神意識は、むしろ魂の最も高く、最も内的な欲求から生じる。いやそれどころか、神とはそもそも、ある種の神の観念によって初めて満たされるこの欲求の対象以外の何ものでもない。このことから、神の客観性が生じる。人間はその諸観念をすぐに自ら客観化する傾向を持つため、神はけっして客観的には存在しない。それにもかかわらず、神は客観性を持つのだ。こうして人が祈りの対象とする神の客観的存在への信仰が生じるのだ。真の宗教の本質は、祈りをとおして神と精神的に交流するという点にある。キリストも述べている。〝あなたは祈るときには自分の奥まった部屋にはいりなさい。そして戸をしめて、隠れたところにおられるあなたの神に祈りなさい。〟神の客観性が具象化される度合いが高まれば高まるほど、神の存在はその価値をますます下げる。たとえば、ユダヤ教における神は、精神的に最高に発達した信者たちが最高の神観念を持つキリスト教における神よりも、はるかにその価値が低い。

かくして平野は、神の意識を、魂の最も内奥にある欲求に帰した。しかし彼は、神の理念が人間にとって生まれながらのものであるとは考えなかった。なぜなら、生まれながらに有する理念などというものはそもそもなく、むしろすべての理念は経験から発生するものだからである。そしてこれが、人々の精神的発達の度合いに応じて、神の理念がこれほどまでに様々異なってくる理由である。

平野は自分が考えたように話し、振る舞いもした。彼はカントの倫理学の体現者のようであり、すべての知人たちから愛され、尊敬された。多くの人々が、彼によってキリスト教へと導かれた。そしてまだ中学校の教師であったとき、平野は多くの教養の高い人々が入会したある新たなキリスト教結社の中心人物となった。この結社の基本原則は次のような内容だった。

一、魂の最も内奥の欲求からのみ、私たちは、私たちの思考と認識全体の向こう側に立っている神を信じる。

二、私たちはキリストを、神と精神的に最も緊密に結びついた、その意味で神の子と呼ばれうる偉大なる人間と見なす。

三、私たちは、全世界のすべての人間が神の子供たちであり、彼らがキリストと同じように信仰と教養をとおして神に近づきうると信じる。このことは、各々が自分自身のため、あるいは他の人々のために追求するよう義務づけられているのである。

四、聖書は私たちにとって、特別な権威を持たない。私たちは聖書を、知的に少しだけ優れた作家たちによって、彼らの記憶に従って、あるいは固有の判断に基づいて書き留められた記録からなる単なる作品集と見なす。

五、知の領域に属するすべてのことは、ただ自然科学的な調査研究によってのみ確かめられるべきである。

六、神への祈りは言葉で表現されるべきではない。人はただ、各々が自分自身、心の中で精神的に神と交流するべきである。

七、毎日曜日の礼拝の際には、説教の代わりに音楽が奏でられる。
八、私たちは、ドグマも、信仰箇条も持たない。

これらの基本原則は、教養のある田舎のキリスト教徒の間に、すぐに爆発的な広がりを見た。多くの人々は基本原則を最高次に発展した宗教意識の表現と見なし、それまで彼らが所属していた教会結社から脱退してこの新たな結社に加わった。

こうして、平野は何年もの間、彼の信仰の同志とともに、幸福で純粋な宗教的生活を送っていた。しかし、そのうちに、彼の信仰の基盤は、彼の精神の自由な発展によって揺り動かされ始めた。若い頃から、キリスト教的諸理念で教育され、成長してきたので、彼の思想全体は次第にこれにとらわれるようになっていた。他のすべての事柄については完全に理性的に熟考したにもかかわらず、自分にとってまさに聖なるものである宗教的な欲求についてはけっして批判することができなかった。けれども今や、彼の中で、この宗教的な欲求の絶対的な権威に対する懐疑が頭をもたげ、しまいには、すべての精神活動を調和的な結合へと調整しようとする思考の働きからみれば、精神のあらゆる欲求も、心理的には、すべて同等であるという確信に至る。従って、何らかの非理性的な本能と同様、宗教的欲求から生じた諸観念も、それが理性の要求に矛盾するのであれば、同じ思考の働きによって正されなければならないだろう。すると、宗教的欲求の対象としてのみ権威を有するに過ぎない神の理念も、非理性的なものとして排除しなければならないだろう。こうして、平野の精神的生は完全に変化してしまった。彼は教会から脱退し、しばらくの間、非常に大きい魂の不安の中で生きた。自らの観念世界の基盤が破壊されるのをみた彼は、新たなる理想、自分がそのために生き、また命を捧げることができる新たなる理想に憧れた。しかし、長らくどんな理想も見出すことができなかった。

ある日、彼は旧友の明野を訪れ、その際に、この友人が以前から尊敬している森田のことが話題になった。森田について聞いたすべてのことが、懐疑から抜け出る道がここに開けているかもしれないということを示しているように平野には思われた。明野からの推薦状を携えて、鎌倉へ行った。この最初の出会いで、彼は、本当に真理を見つけた男がここにいるということを確信した。平野の心を再び、喜びと希望が満たし始めた。何度も森田の所へ行き、しまいにはより早く目標に達するために、まるまる二週間霊山の丘に留まった。そしてまもなく、もはや教師としての仕事で東京にとどまってはいられず、つねにこの男の傍で生きたくてたまらなくなった。この男をとおして、真理に達し、本当の幸福を見つけたのだから。平野は真理そのものを崇めるように、この男を崇拝した。

平野には子がなく、かなりの資産もあったため、妻との生活に不自由することはなかった。年は五十歳だったが、元気で働く意欲があった。そこで森田に対し、霊山の麓の小さい家に住み、家政の世話をしてもよいかと頼んだ。それ以来、愛する主人の幸せだけを気にかけたこの忠実な従僕は、ここで暮らしている。

第十六章

森田の父潔巳《きよみ》は、一八〇五年に江戸、現在の東京で生まれた。それは日本が完全に世界から孤立していた時代であり、長崎にある小さな出島できわめて制約された形で生活し、交易することを許されていたオランダ人によってのみ、わずかばかりのヨーロッパの思想や学問が国にもたらされていた時代である。知への欲求に駆り立てられ、早くからオランダ語を学び始めていた潔巳は長崎へ行き、オランダ商館のドイツ人医師であるフィリップ・フランツ・フォン・シーボルトのもとで五年間にわたって医学と自然科学を学んだ。江戸に戻った潔巳は、徳川将軍に侍医として雇われ、数少ない近代的な医師のひとりとして、まもなく大きな名声を得た。もちろん、それ以上に妬まれ敵をもつくることとなった。とりわけ時代遅れの同僚たちや廷臣、政治家たちの不興を買った。なぜなら彼は、日本人は自分たちを他のどの民族よりも優れていると見なす理由を全く持っていない、人間の本当の価値はむしろ、ただその人の人格の優越と、日本ではまだ知られていないような、その人の精神的能力の発展にだけ存するのだということを常々言明していたからである。このような発言は、当時、多くの人々にとって反乱や反逆と同じ意味を持っていた。

ある夜、彼は城からの帰路、襲撃を受けて命を落とした。

彼の一人息子は、当時長崎にいてすでに五年が過ぎていた。二十歳のとき、オランダ語の習得と一般的なヨーロッパの教育のため父の命を受けて当地に来ていたのだ。潔巳の殺害後、教育を受けた女性でもあった母は、召使に次のような書状を携えさせて息子に遣わした。

「そなたの父上は自身の信条の犠牲となりました。誰が彼を手にかけたかを母は存じておりますが、それは民の最善を望んでいる人といえども、その人が彼ら自身とは別の見解であるならば裏切り者と見なす人々です。けれども、そなたは、どれほど父上の死を嘆き悲しむとしても、しきたりにあるような仇打ちを企ててはなりません。父上の意志は、そなたがまず勉学を終えて江戸へ帰り、模範として我らが民を高みへと導くことです。落ち着いて熱心に勉学を続け、母のことは心配なさいませぬように。」

亡き父の望みに従い、収《おさむ》はさらに五年間長崎にとどまり、オランダ人のもとで哲学や他の学問を学んだ。一八七〇年に彼が東京へ戻ったときには、すべてが変化していた。将軍が追放され、国は天皇の下で政治的に統一されていたが、いまだ世の中は平穏でなく、世論の方向も決まっておらず、すべてが生成過程にあった。封建時代の桎梏から解放されたものの、いまだに漠として無教養な頭脳の持ち主たちの闘いが、それまで以上に激しく荒れ狂っていた。友人たちは、卓越した知識を活かすために官吏になることを収に勧めた。しかし、彼は首都の慌ただしさから逃れずにはいられなかった。

一八七二年、彼は父が遺した金で、当時は粗末な漁村であった横浜の近郊に広大な土地を買った。母と自身のために家を建て、労働者を雇って畑でヨーロッパの野菜を栽培させ、すべてを自身で監督したが、それ以外は完全に自分の本と思想に生きた。彼は哲学、宗教学、文学、芸術の研究にとって最も重要な新旧の諸言語を次々と学んでいったが、その目の前にはつねに高いもの、いや最も高いものに到達するという目標があった。

母が八十二歳で死んだあと、収はそれ以上長くは古い家にとどまらなかった。そこでの平穏は、港町が四方八方に発展して身近に迫ってきたことによって乱されていたのである。家と農園を売った後、売上の一部で、鎌倉の西に位置する稲村ヶ岬の裏、海へ突き出ている霊山の丘を購入した。そこで、古い木々に囲まれた家を建てた。新たな生活に向けて世を捨てるために

生活に追われ、人生の大きな問いを忘れるというのは世の常である。運命の一撃が心の内に

不安を運んでくるか、あるいは一つの大きな出来事が心を揺り起こし、次から次へと問いを心に生じさせるまではそうなのだ。彼らが、二つの世界、固有の伝統という古い世界と、その本質においてまだとても馴染みがない西欧の新しい世界との間に立たされているということ、すなわち全現存在の不確実性を自ら自覚し始めたときの日本の人々も、このような状況に置かれたのだ。幾人かの人はキリスト教に関心を向け、また他の人々は仏教や哲学に関心を向けた。そして、幾人かは霊山の丘に賢者を訪ねた。その名は広く知られてはいなかったが、最も高い教養のある人物だった。

森田は質問者に何も教えず、教訓や指示を与えることもなかった。彼が与えたのは、どの人も自分の精神を固有の法則に従って展開すべきであるという、たった一つの教えと、そして刺激、すなわち、今やさらに思考しなければならないという切迫した感情だけである。彼に何かを問う人は、答えに至る道を見つけ、そこからまた新たな質問と新たな答えに至る道を見つけた。そのため彼に何かを問う人は繰り返しこの賢人に引きつけられたのである。

霊山をまるで巡礼地であるかのごとく訪ねる人々の数は年を追うごとに増えていった。この真理探究者たちには、丘の主が真理それ自体を体現しているように思われた。彼らは互いに知り合いで、親密な友の集団のようにともに暮らしていた。そして、この地に春が来たときには、家のかたわらの木々の下で友情を祝うのが常であった。

一九二〇年のある美しい春の日に、彼らは丘の上の逞しい松の木と花盛りの桜の木の下に座っていた。山々と丘は花の霞の中にあるようで、足元には鏡のように滑らかに海が広がっていた。そのとき、家から荘重な音楽が聴こえてきた。杉が弾く「真理の歌」だった。そして今度は明野嬢が彼女の生徒たちとともに新しい演劇を上演した。それが終わったあと、森田は立ち上がり、彼はこの日、丘、家、そしてその他の残っている財産のすべてを、精神の育成と陶冶のための大きな基金の基盤として、すなわち彼らのように自分で真理を探究するすべての人々にとっての集いの場所として、差し出すことを決めたと述べた。するとどの人も立ち上がって可能な限りのものを差し出し、さらに長いことともに座って、本当に幸福な人々のように語らった。

森田はそこにとどまり、一人ひとりと話した。ようやく、午後の遅い時間になって、彼は家に戻った。疲れていて、少しばかり一人になりたかった。彼は仕事机に座った。——老爺平野が、鎧戸を閉めるために部屋に入ったとき、沈みゆく太陽の最後の光が一人の死者に、真実を見つけた死者に射していた——

監訳者あとがき

竹内楠三『真理探究者たち――ある日本人の対話と省察』は、著者である竹内自身がドイツ語で書き下ろし、一九二三年にドイツの代表的な文芸出版社インゼル書店から出版された書物(X. Takeutschi, Die Wahrheitssucher, Gespräche und Betrachtungen eines Japaners)の翻訳である。岡倉天心の『茶の本』および『東洋の理想』や老子のドイツ語訳、ハンス・ベトゲの手になる編訳詩集『中国の笛』および『日本の春』などとともに、同社が当時刊行を進めていた東洋の文芸や思想を扱った一連の書物のうちのひとつであった。全十六章からなる作品は、副題が示すように、登場人物たちの対話や省察をとおして著者みずからの思想形成の道筋を述べた思想小説、あるいは小説体の思想書というべきものとなっている。テーマは政治、経済、哲学、芸術、教育と、じつに幅広い。これらテーマをめぐって、当時の日本の現実と在るべき姿が、西欧の文化や思想との対比のもとに批判的に論じられてゆくが、最終的に物語は、西欧思想の限界をも超えた真理探究法の提示へと収斂してゆく。そうした書物をドイツ語で書いて西欧に向けて問題提起しようというのであるから、これは、じつに大胆かつ自負に富んだ試みであったと言える。しかも竹内は日本を出て留学した経験は一度もなく、ドイツ語を読み込み使いこなす優れた能力も自学自習によって身につけたものだった。

竹内楠三とは、いったいどのような人物であったのだろうか。日本でも、また、かつて原書が刊行されたドイツでも、当作品の存在どころか、竹内楠三その人の名前すら、今やほとんど忘れ去られてしまっている。しかも、その生涯を詳らかにたどるには、あまりにも資料に乏しい。序文として小説の冒頭に置かれている当時の駐日ドイツ大使ヴィルヘルム・ゾルフの著者紹介の文章が、竹内の生涯についてのおそらく唯一のまとまった記述であろう。それによれば、竹内楠三は一八六八年五月十七日に、伊勢神宮から遠からぬ村に農家の息子として生まれたとされている。この生年には異説もあるものの、竹内の親友から直接に「この数奇な男の人生」を伝え聞いたというゾルフによる著者のプロフィールは、おおむね信用してよかろう。他の幾つかの資料から裏付けられる断片的な事実をこれに加えるかたちで、以下に竹内の生涯を概観しておこう。

故郷で基礎的な教育を受けたほか、神道系の教団で日本と中国の古来の文献に触れた竹内は、一八八五年に東京に出て、今度はキリスト教系の青山学院でキリスト教、倫理学、心理学を学んだが卒業せずに中退し、一八九三年に日本ユニテリアン協会が設けた神学校である東京自由神学校に入学した。キリスト教の唯一絶対性を否定する宗教的多元論に立つユニテリアンは、明治期日本に宣教師を送り、その寛容さゆえに当時の仏教徒とキリスト教徒との激しい対立を緩和し、両者を融和させることに貢献した。一八九五年には、竹内はユニテリアン誌『宗教』の編集にたずさわるようになった。ちなみに、明治期日本のユニテリアン運動と、一時彼らを強く支援した福澤諭吉との関係については土屋博政氏の『ユニテリアンと福澤諭吉』（慶應義塾大学出版会）に詳しい。なお、同書は、後述するオカルト関係以外の領域で竹内楠三の名前を論中に挙げている近年ほとんど唯一の文献である。

この間に竹内は独学を重ね、ドイツ語、英語、フランス語、ラテン語を習得し、すでに一八九一年頃からドイツ語とフランス語の私塾的な教室を開いていた。また、雑誌『日本主義』の初代編集人となり、雑録や時報欄に精力的に小論を発表した。同誌は、竹内楠三、井上哲次郎、元良勇次郎、湯本武比古を発起人とする大日本協会が主宰するものであった。竹内はさらに、一八九八年から一九一〇年の間に次々と書物を著している。その数は編書や訳書も含めて優に十冊を超えるが、催眠術や千里眼や動物磁気学など、今日ではオカルトの領域に含められるものが半分以上を占める。

竹内楠三の名前が今日わずかに知られているとすれば、それは竹内のこの領域での著作をとおしてであろう。そのなかでも一九〇三年の出版である『学理応用　催眠術自在』は一九一〇年までの間に三十三版を重ねた大ヒット作であった。催眠術の歴史に始まり、催眠術とはどのようなものかを、その生理的および心理的兆候を詳述しながら解説し、治療法としての催眠術や、催眠術がはらむ法律的問題にまで言及した総括的な催眠術解説書であり、一般人向けに平易な文章で記述されている。なお、吉永進一氏の編による『催眠術の黎明――近代日本臨床心理の誕生3』（クレス出版）には上述した竹内の『催眠術自在』の復刻と解説が収められ、この領域での竹内楠三の業績を今に伝える貴重な資料となっている。

この時期の竹内の著作には、この領域のほかには『人生達観　厭世哲学』や『ショーペンハウエル恋愛哲学』などがあり、竹内がドイツ哲学に打ち込んでいたことも見て取れる。ゾルフによれば、一八九七年以来、竹内は、ヨーロッパの知識人に自分の思想を伝えるべく、みずからの哲学的見解を体系的なかたちで、しかもドイツ語かフランス語で書きしるす計画を抱いていたという。一八九九年からは旧制の成田中学（現在の成田高校）の校長になるが長くは在任せず、研究と読書と執筆に没頭した。一九一五年、東京から大阪に転居してからは、哲学の授業にも手を広げていたらしい。一九二〇年、竹内は、自分の思想を小説の形式で書きあらわそうと決意して、これまでの教育活動から一切手を引き、東京に小さな仕事部屋を借りて移り住み、『真理探究者たち』の執筆に取り掛かったのだった。

竹内の執筆への没頭ぶりはゾルフの序文が伝えるとおりである。だが惜しくも竹内は一九二一年三月九日、この作品を完全に書き上げることなく癌のために世を去ってしまう。ゾルフの序文にあるとおり、死の床にあった竹内から作品の出版を託されていた親友の服部氏の尽力によって、二年後にドイツでの出版に漕ぎ着けたのだった。ちなみに、この服部氏とは、昭和初期から洋書輸入で知られた国際書房の社長であった服部正喬であることは、ほぼ間違いない。もちろん、出版に向けてはゾルフ自身も大きな役割を果たした。また、原稿の文章を閲覧してドイツ人の目から見ての必要不可欠な手直しをプラウト氏が行なったとあるが、これは日本研究家ヘルマン・プラウトを指していると思われる。竹内の著作が、当時日本と関係の深かった駐日大使ゾルフ（哲学博士の学位をもち日独文化協会第一回公開公演で「大乗佛教の使命」について講演した）ならびにプラウトといった知日派ドイツ知識人の関心を喚起していたことは注目されてよい。

さて本書では、全十六章の各章にタイトルがなく、ただ順に数字が付されているだけなので、以下に各章ごとの内容を要約しておこう。

第一章：鎌倉の夕暮れ。「生こそ芸術」と芸術について語る西欧的教養を身に付けた女優である明野ミツと、哲学者にして批評家として名高い石田教授の対話。それを農作業をしながら見やる農民の親子――おそらく竹内楠三の少年時代の回想が反映されており、西欧的進歩と旧来の日本というテーマが象徴されている。

第二章：時代精神か普遍的人間精神か。進歩的な改革派の政党党首である斉藤昇の自宅で同志の国会議員、国民経済学の大学教授、銀行頭取らが議論する。軍備縮小を支持し国家の利己主義に反対。国の繁栄には個々人の人間としての自覚的な成長が大切であり、最高の国家とは、これが最高レヴェルまで実現している国家だという意見が出される。

第三章：明野家と女優明野ミツ。ミツの父親である明野稔は大きな印刷所の所有者である。資本家は投資した資本の公平な利子以上の利益を得るべきでなく、事業者は自分の労働に相当する賃金を受け取るにとどめるべきで、全ての精神的努力は精神的な報酬で満足すべきとするなど、厳しい倫理観に立つ経営を行っている。事業者の労働者に対する関係は道徳的な関係であるとし、これによって資本主義と社会主義の葛藤も克服できると信じている。長女ミツはフランスに留学したが、ゲーテの文学に出会い、ドイツに興味をもち哲学を学んだ。自分の人生を、単なる西欧の模倣ではない表現による新しい芸術の構築に女優として捧げたいと決意。自宅で演劇学校も開いている。

第四章：真理到達者森田老人と森田主義。表面的な事象にのみ目を奪われ確たる精神的基盤に欠けることを自覚して悩むようになった斉藤党首が石田教授を招いて語り合う。真理に到達し、世界や生命への一切の懐疑を克服した森田収について、石田は斉藤に語る。森田主義は、カントも、ゲーテも、ショーペンハウアーも超えている。

第五章：女性たちの討論。斉藤邸で斉藤党首の夫人、明野ミツ、女流画家の近藤嬢が日本の女性のあるべき姿について意見を交わす。女性の社会的地位の向上だけが叫ばれているが、女性の精神的価値の向上はさらに重要であるということでは三人の意見は一致している。美意識においても道徳観においても日本女性はまだ低い状態にあるという近藤の意見に対して、明野は、それは男性も同じで、日本では一般にまだ精神的能力を高める教育がなされていないと指摘し、理性を徹底的に成長させる教育こそ最優先されるべきと主張する。

第六章：森田主義について語らう斉藤昇と石田教授。両人は再び哲学的対話の機会をもった。これまでのあらゆる哲学は各論的な認識を超えた包括的な世界理解を提示することはできなかったが、森田主義は、個々の学問がもつ客観的な方法によって獲得された成果を受け入れつつ、その成果を自己教育とも言うべき固有の主観的方法を通じて完璧なものにすることによって、生と世界の問題を根本から説明すると、石田は説明する。カント、フィヒテ、ヘーゲル、ショーペンハウアーの哲学についての作者である竹内楠三の理解と批判が石田の発言をとおして示され、西欧哲学の限界と森田主義の真理到達法が対比される。それを基盤にして、論議は学問論、法律論と統治機構論、教育論、芸術論に広がってゆく。

第七章：ドイツ中学校長木村雅登一。斉藤の党友である木村は、あらゆる近代ヨーロッパ言語のうち最も明快で理性的な言語はドイツ語であると信じて、ドイツ語での学習を中心に据えた全く新しいシステムの中学校を創設して校長をつとめる。だが、その木村も、じつは森田の弟子であり、斉藤を訪ねた折り、森田主義について斉藤から説明を求められたが、森田の示す真理への道は言葉で語れるものではなく、自己形成にその本質があると答えるのみだった。木村のドイツ中学校の指導法も、学校教育に森田主義を適用したものだったのだ。そこに、同じく斉藤の同志でイギリス帰りの福本健吉が来訪。日本はドイツとイギリスのどちらと手を組むべきかの議論となる。

第八章：福本の恋。明野が劇場で演じているのを観て、福本は彼女に恋してしまった。ようやく明野を訪問する機会を得るが、明野は芸術のことしか話題にせず、福本の思いは空回りするばかり。金持ちの福本は「けっきょく女は金と地位に魅力を覚えるのだ」と希望を棄てなかったが、若い久保伯爵という男が明野に惚れているらしいと耳にして狼狽する。

第九章：思想の自由と日本人の不十分な人間形成。斉藤党首と党指導部メンバーとの討議で、政府が社会主義を危険思想と見なして統制しようとしていることが話題となり、既存の秩序や旧来の伝統に反する考え方を国家にとって危険と考えて統制することへの反対論が語られる。だが、もっと大きな問題は日本人のエゴイズム、すなわち議会主義の前提である公共精神がまだ充分に育っていないことで、このために日本の議会主義の未来は悲観的だとの見方が語られる。その点で、古い観念の消滅は歓迎すべきことであり、日本人はヨーロッパ人と同じ程度の精神的発達段階に達しなければならないとされる。
第十章：福本と久保、恋がたき同士の対決。久保という人物を直接に目で確かめるべく、福本は久保家の小さな集まりに乗り込む。話題は美術についてで、この分野に久保は精通していた。なぜ政治の舞台で活躍しないのかという福本の問いに、久保は、真の改革は人間個々人が自分の内面で行なうべきと答え、彼の人間論を延々と述べて聞かせる。精神の次元での真の日本改革を目指す久保の堂々たる論議に福本は圧倒されるが、本来の生とは精神的な生を意味し、快楽も主として精神的なものだとする久保の発言に、明野との物理的な恋の成就ばかりが念頭にある福本は少し安堵する。
第十一章：ピアニスト杉富造の話。地方出身の杉は、芸術への欲求を抑えがたく、勘当同然で東京に出て、音楽とドイツ語の勉強に集中した。勉学を進めるうちに杉は、優れた技術をもっているだけでは真の意味で優れた芸術家になるには不充分であって、音楽に精神を宿すことが不可欠であり、そのためには芸術家自身が精神的に優れた人物にならなければいけないと考えるようになった。こうした考えから帝国大学にも通ったあと、杉は、音楽学校を経営する吉見玄太の援助でヨーロッパ留学が叶い、ドイツをはじめとする各国で七年にわたって研鑽を積むことができた。
第十二章：杉の結婚と結婚観。田中須美という女性と知り合って結婚し子供にも恵まれた杉だったが、須美が家庭生活に満足しきっている一方で、杉は次第に学問への興味のほうが重きをなし、結婚生活というものに疑問を抱きはじめていた。親子関係も特別な意味をもつものではなく、一般的な倫理的関係にすぎないと杉は考える。現在の結婚の概念は社会習慣に基づくものにすぎず、家庭がもたらす煩いは人間からその能力の大部分を取りあげてしまう。結婚生活には精神的存在としての人間にとっての崇高な喜びはないというのが杉の結論だった。

第十三章：杉と明野の哲学的対話。二人は芸術と学問について話し合ううちに、認識や思考といった人間の精神活動とは如何なるものかについて対話を進めてゆく。哲学を学び、今は全てを否定しながら暗闇のなかにいて、それを音楽で表現するのが自分の営みであると杉が述べるのに対し、明野は、じつはまだ否定され尽くされていないからこそ暗闇のなかにいると応じる。否定をし尽くした彼方に真理は見出されるという明野の確信は、森田をとおして得られたものだった。杉は明野に連れられて森田を訪ねることにする。

第十四章：木村の啓蒙活動。森田主義を奉じる木村は、その啓蒙のために、公開の面会時間を設けている。学生、画家、年配の裕福な会社員など様々な人がやって来て木村と面談する。話題はベルグソンから仏教の形而上学にまで及ぶ。これら対話のなかで、木村は厳密な論理的思考の重要さを説き、それを出発点として各人をそれぞれの問題意識に即して真理探究に導こうとする。著者が考える真理探究の方法が示されている。

第十五章：森田に仕える平野勝。平野は元中学教師で、今は鎌倉の森田の住まいの近くに住んで森田の家政を切り盛りしている。大学で哲学を学んだあと、キリスト教に近づき、神についての思索を深めた。平野が属したキリスト教結社は、ドグマにとらわれずに寛容に宗教的多様性を認めようとするものだったとされ、著者のユニテリアン体験が、ここに反映されている。だが平野は、神理念を求める宗教的欲求と理性との相克からこの結社を脱退し、懐疑と不安に苛まれるようになっていた。そうしたときに旧友の明野稔から森田を紹介されて面会し、森田が真理に到達した人であることを確信したのだった。真理そのものを崇めるように、平野は森田を崇拝していた。

第十六章：春の宴。森田収の来歴が明かされたあと、一九二〇年のある美しい春の日に、森田の信奉者たちが、鎌倉の霊山の丘の上にある森田の家の庭に集まって宴を開いたときのことが語られる。ここには真理を探究する人たちが森田に導かれて参集していた。杉の演奏、明野とその生徒たちの芝居のあと、森田が立ち上がって、この家と全ての地所を、精神の育成と陶冶のための基金の基盤として、真理を探究する人々に差し出すことにしたと述べた。そして森田は、集まった一人ひとりと語らったのち、自室に戻って行った。部屋の鎧戸を閉めるために部屋に入った平野が目にしたのは、仕事机の前に坐ったまま死した森田の姿だった。

当作品は、思想家としての竹内楠三の著作として唯一の本格的なものである。だが、それがドイツ語で書かれてドイツで出版されたものであるだけに、刊行されて以後九十余年となるが、これまで日本の読者の目に触れる機会にほとんど恵まれていなかった。作品から読み取れるように、竹内は、西欧を模範として進歩を目指す西欧主義者の一面を濃厚にもちながら、いっぽうで、最終的に日本的な精神鍛錬によって西欧思想を克服することを目指している。竹内の思想は、西欧的進歩か、それとも日本あるいは東洋の伝統かという明治維新以後の日本近代の根本的対立軸の両方を包含し、それらの発展的融合に向かっている。それが竹内固有の立ち位置であり、またユニークで興味深いところであると思う。また同時に、そうした折衷的な立ち位置こそが、日本の近代史のなかで竹内の存在を際立たせなかったことの一因であったのかもしれない。

だが、知れば知るほど面白い人物である。神道と仏教に接近したあとキリスト教に触れ、それを経てユニテリアンに傾倒した理知的宗教家。催眠術や千里眼などについて大衆が抱いた大きな関心にこたえて、通俗的な書物を次々と世に出した異端の流行著作家。語学にはじまり哲学にいたるまでを学校や大学の教壇に立つことなく教えた市井の教育家。ドイツやフランス哲学をはじめとする西欧思想について研究考察し、その限界を乗り越えうる道を説いて西欧に向かって発信しようとした創造的で大胆不敵な思想家――。竹内楠三はヤヌスのような存在である。見ようによっては痛快なまでの破天荒ぶりだ。この人自身を主人公にすれば、波瀾万丈な一篇の小説か映画が出来上がりそうな気さえする。

その一方で気になってくるのは、かくも他方面に分岐して活動を繰り広げた竹内には、その精神を束ねていた原理とも呼ぶべきものが何かあったのだろうか、ということだ。そして、もしあったとするならば、それは如何なるものだったのか。それを考究したいところではあるが、これはとうてい監訳者の手に負えることではない。このことのほかにも、竹内その人やその仕事の意味をめぐっては監訳者の知識では不明なことも多く、適切な手引きのないまま翻訳だけを世に問うことには少なからぬ不安を覚えていた。

ところが幸いなことに、博識と慧眼で知られる日本の近代思想史の専門家であり、大学の若き同僚である片山杜秀さんに充実した竹内楠三論を巻頭に書いていただくことができ、当翻訳とともに一冊の書物とすることが可能となった。したがって監訳者の役割は、訳稿を仕上げたところで尽きるのだが、近現代のドイツ語圏文学の研究に携わる者として、当作品を読みながら気づいたことを参考までに指摘しておきたい。

竹内の小説の設定が、相互に関連性のあるヨーロッパの二つの場所を思い出させるのである。ひとつはスイスのイタリア語圏ティツィーノ地方アスコーナのモンテ・ヴェリタ、もうひとつはドイツのドレスデン近郊のヘレラウであり、どちらも、世紀末から二十世紀初頭にかけて、近代文明がもたらした弊害を克服するために都市から逃れて生き方そのものを変えてゆこうとする「生活改革」の精神からヨーロッパ各地に出現した各種のコロニーのうちの代表格として有名だ。アスコーナでは、菜食主義、裸体生活主義、神智学、心霊術やオカルト、舞踊や体操などの身体表現と音楽、衣服や住居の改革、所有や家族関係の見直しなど、様々な方向で生活の改革を実践しようとする人々が、マジョーレ湖を見下ろし豊かな自然に恵まれた丘を「モンテ・ヴェリタ」（イタリア語で真理の山）と名づけて、そこにコロニーを造営して生活した。コロニーは、労働と新しい生活の場であるとともに、祝祭の場となった。モンテ・ヴェリタは、しばしば講演会や音楽会、パフォーマンスなどの催しが営まれ、この山あいに隠れた革新的文化の中心地には、ヘッセやクレーからトロツキーにいたるまで、人間とその生き方の改革に関心を寄せる多くの著名な詩人や作家、芸術家、学者、思想家が来訪した。

いっぽうヘレラウは、都市郊外の良好な自然環境のなかで人々が生活と労働とを調和させて暮らすことのできる小都市を創出しようとする「庭園都市」運動のドイツでの高まりのなかで一九〇九年に建設が始められたコロニーであり、労働の場として工芸工房、住宅、学校のほか祝祭劇場までも備えるに至った。この劇場が完成した一九一二年には「祝祭」が開かれ、舞踏と演劇と音楽を融合したパフォーマンスが上演されたが、この「祝祭」（Fest）は翌年にも開催され、スイスの音楽教育家エーミール・ジャック＝ダルクローズのリズム教育理論リトミックによる教育を受けた生徒たちが、その成果を発表した。

さて、竹内の小説に立ち戻れば、新しい人間の生き方を模索して「真理」を探求する人々が師と仰ぐ森田老人が住まう場所を、竹内は、眼下に鎌倉の海が広がる霊山《りょうぜん》の丘と設定し、小説の第十六章では、ある美しい春の日に、この丘のうえで開かれる真理探究者たちの「祝祭」の模様を描いた。音楽家の杉富造が自作を演奏し、女優の明野ミツとその生徒たちが新作の演劇を披露する。それは、この小説が結論風に描く至福の光景だ。

とりあえずは単なる言葉の連想にすぎないのだが、この霊山の丘は、竹内の小説に登場する真理探究者たちにとっては、まさに「モンテ・ヴェリタ」。すなわち「真理の山」にほかならない。だがそれだけではなく、さらに連想は広がる。

モンテ・ヴェリタやヘレラウのコロニーでは（この二つは有名な実例にほかならない）、新しい理念による表現方法を確立して芸術を変革し、その成果を演劇や音楽などの上演に取り入れて演じ、またそれを鑑賞する試みが、しばしば「祝祭」の名のもとに繰り広げられていた。彼らにあっては、この言葉に特別な意味がこめられていたと考えられる。共通に確信する人間観あるいは真理観のもとに結ばれている人々が、表現者として、また観客として共に集う場であるからこそ、それは「祝祭」であって、そこでは、送り手と受け手が、その隔たりを越えて一体となって芸術を享受し、またそれによっていっそう、当の人間観または真理観への確信と、その場に集う人々相互の共感とを強めてゆくことになりうる——目をふたたび竹内の小説に転じれば、霊山の丘で森田老人を囲んで催される音楽と演劇の集いは、この意味での「祝祭」、森田主義のコロニーである霊山での「祝祭」そのものではないだろうか。

作品を書くにあたって竹内がモンテ・ヴェリタやヘレラウのことを知っていたのかどうか、それを資料的に確認することはできない。だが、そうであった可能性は否定できない。二十世紀初頭から一九二〇年代にかけての時代にモンテ・ヴェリタのコロニーは、幅広くヨーロッパで大きな関心を呼んでおり、またヘレラウも、ことにその一九一二年と一三年の「祝祭」は当時のヨーロッパの文化界で画期的な出来事として評判になっていた。「祝祭」には、各国からのジャーナリストが集まり、リルケ、ニジンスキー、バーナード・ショウらも駆けつけたことが知られている。ドイツをはじめとするヨーロッパの思想と文化に強い関心を抱いていた竹内であるから、日本に入ってくる書物や文献をとおして、これらのコロニーの存在と活動を具体的に知っていたとしても全く不思議ではない。さらに、もう少し視野を広げて考えるならば、たとえ竹内がモンテ・ヴェリタやヘレラウそのもののことを具体的には知っていなかったとしても、同時代にドイツ語圏を中心に生活改革の思潮が高まりをみせていることや、そのなかでコロニー建設運動をはじめとする様々な運動が生まれていることを知っていた可能性は、むしろ充分に高いというべきだろう。ちなみに、ドイツやイギリスの庭園都市に刺激されて、日本でも、すでに一九〇七年に内務省地方局有志によって「田園都市」の構想が紹介されていた。

これらはいずれも、いわば状況証拠からの推断でしかないが、ひとつ確実に言えることは、竹内の作品の重要なモティーフである西欧近代思想の限界を新しい真理によってのり越えようという発想は、同時代の当の西欧で、彼らの近代文明の限界を打破してゆこうとする「生活改革」の精神と事実として呼応していたということである。知性ばかりによるのではなく、個々人が身体を含めた自己存在の全体を自分自身で形成してゆくという竹内が描く森田主義の真理到達の方法も、人間の在り方を革新する可能性として身体に着目するという点で、「生活改革」の問題意識と通低していた。無名の竹内の著作がドイツの大手出版社から刊行されえたのは、そうした共通性のゆえでもあったのではなかろうか。竹内楠三という存在の半分、あるいは少なく見積もっても四分の一ほどは、同じ二十世紀初頭に生きていたヨーロッパのラディカルな知識人であったと言ってよさそうな気がする。

最後に、翻訳の成り立ちについて明らかにしておきたい。監訳者が原書の存在を知ったのは、はるか三十年近く前、ミュンヒェンの古書店のカタログからだった。さっそく入手して一読したところ、大正期に近代の日本と日本人の在るべき姿を模索した中身の濃い書物であることがわかり、また著者の竹内楠三にも強い興味を覚えた。これを翻訳して紹介するのも無意味ではあるまいと思うにもいたったが、監訳者の本来の専攻分野とは異なる領域であるうえ、翻訳のために参考となるような資料が皆無に等しいこともあって、着手するきっかけを失ったまま、いたずらに年月が過ぎてしまっていた。

ところが思わぬ機会がめぐってきた。慶應義塾大学法学部のカリキュラムには、三、四年生を対象に、専門分野の法律と政治以外に人文科学あるいは自然科学を学び研究することのできる人文科学研究会ならびに自然科学研究会という研究会（ゼミ）が設定されている。監訳者も、この制度が始まって以来、毎年、ドイツ語圏の文学、芸術、思想をテーマとした人文科学研究会を開講してきた。この研究会で、二〇〇八年四月からの二年間、班別の研究テーマのひとつとして竹内楠三と本書を取り上げることにしたのだったが、このテーマを選んだゼミ生諸君の意気込みと探求心は並みのものではなかった。しかも、彼らのなかには、その前々年に監訳者から週二回のドイツ語初級の授業で基礎文法を学び、翌年さらに続いて、ニーチェの原文と参考文献を精読する監訳者のドイツ語中級の授業を履修して優れた成績を残した何人かが含まれていた。本書の翻訳に挑戦してみようと提案したところ積極的に受け入れられて、翌二〇〇九年度いっぱい、この班に属する全員が分担して取組むことになった。

それぞれのゼミ生のドイツ語読解力に応じて、出来上がった訳文を提出してもらったのちに点検して問題点を洗いなおすというケースから、原文に逐一当たりながら文構造を吟味して訳文作りを指導するケースまで、進み方と要した時間は様々であったが、各人が担当した章の梗概と注目すべき点を発表できるところまで漕ぎ着け、卒業生ほかを招いた研究会で発表も行なった。また、その間に、ゼミ生たちは手分けして文献の探索を行い、情報を求めて竹内が晩年に校長をつとめた成田高校を訪ねもした。とは言え、この期のゼミ生たちが卒業した二〇一〇年三月の時点では、翻訳そのものには未完成の章や多くの疑問箇所や欠落部分がなおも残っていた。

全訳を完成させたいという彼らの意欲は卒業後も消え去ることなく、いっぽうゼミ担当者としても、出来上がったらゼミ活動の記録としてまとめようという意図は当初からあったものの、これまでほとんど知られていない書物の翻訳ということもあるので、可能ならば公刊する方向にもっていきたいという思いも、この間に募らせていた。各方面に相談したところ、その可能性もなくはない。二〇一二年になって、ふたたび螺子を巻きなおして完成を期すことにした。反応は驚異的だった。すでに多くが各方面に就職しているにもかかわらず、再点検した原稿や欠落部分の原稿が寄せられ、また休日を利用して読み合わせを行ないもした。作品に出てくる鎌倉の霊山を皆で実際に訪ねて検証したことも忘れられない。こうして、この年の夏にはラフな全訳が完成することになった。法学部学生が履修する人文科学ゼミの成果として、しかも卒業後にまで継続されて出来上がった成果として、担当者として、いささか誇りに思うとともに、なによりも参加した諸君の努力を称えたいと思う。

だが、むろん学習のための翻訳と、出版を意図した翻訳とは異なる。最終的に、このようなかたちでの慶應義塾大学出版会からの出版が決まった段階で、あらためて監訳者が原文と逐一照らし合わせて見直し、この決定稿をつくり上げた。その際、どこまでゼミ生諸君の努力のあとを残すかには逡巡するところ大であったが、結果的には大幅に手を入れることになった。だが、そもそも竹内楠三のこの作品の翻訳が世に出ることになったのは、彼らゼミ生の熱意と奮闘のおかげであり、いわば監訳者は、これに背中を押されて出版のための全訳を成し遂げたかたちだ。その意味で彼らの貢献は非常に大きい。彼らの担当箇所と名前をここに明記しておく。

序章：橘宏亮
第一章から第四章および第十三章：帰山佑太
第五章および第六章：梅澤佑介
第七章および第八章：伊藤〔旧姓井出〕有紀
第九章：杉本〔旧姓西松〕千尋
第十章から第十二章：茂木祐介

第十四から第十六章：宮崎直美

なお、このうち、橘、宮崎の両君は、すでに当時、それぞれ慶應と一橋の大学院に進学していたが、ともに慶應義塾大学法学部時代には訳者の担当するドイツ語の履修者であり、当期のゼミ生たちとも交流があった。また橘君は、ゼミ生たちの翻訳作業の相談役をも引き受けてくれた。

今回の出版に当たっては、多くの方々にお世話になった。片山杜秀さんには感謝の申し上げようもない。まだ出版を模索している頃に読み辛い暫定的な訳稿に目を通してくださり、本作品を公刊することの価値を認定してくださったことにはじまり、読者の皆さんを導入する論考を、こうして実際に書いてくださった。未知の著者の未知の書物の翻訳の刊行は、片山さんの加勢を得て、はじめて実現しえた。また、監訳者が原書を入手した直後から、さまざまな貴重な情報を寄せてくださった東京都立西高等学校教諭の篠田建一郎さん、竹内の作品のドイツでの出版に尽力した人物を推定するための重要な事実関係の確認を助けてくださったゲーテ書房社長の唐沢広憲さん、最初に出版のための相談に親切に乗ってくださった慶應義塾大学出版会の石塚礼美さん、企画立案と進行の担当者として一方ならぬご尽力をいただいた同社の飯田建さん、各氏に深く心からお礼申し上げたい。

二〇一五年二月

岩下眞好

解説

『真理探究者たち』への竹内楠三の道

片山杜秀

キリスト教から日本主義へ

明治初頭は、時代の激変に伴い、生の基軸をどこに求めるべきなのか、日本人の価値観が著しく混乱した時代と言えます。身分社会が崩れる、封建制が壊れる、文明開化が進む、西洋近代流の合理主義が浸透する、伝統的な宗教・道徳・倫理の規範が後退する、国民や人類といったなじみの薄い新種の観念が急激に肥大化する。これらの要因が絡まって、新時代の人生の道を求める青年層を大いに彷徨わせてゆくことになります。竹内楠三はまさにそういう時代に青少年期を送った極めて興味深いひとりです。彼は一八六七(慶應三)年生まれ(一説では一八六八年とも。たとえば本書のゾルフの序文、そしてそれに基づいて書かれた岩下眞好先生の「監訳者あとがき」)。正岡子規や夏目漱石や幸田露伴、あるいは平沼騏一郎と同い年です。しかも生まれた場所が伊勢神宮の神域に属する、前山という山深いところでした。彼は生まれ育った環境のせいで、神道、それから仏教にも深い素養を培いますが、やはり開化の時代の新しい知を求め、いったんはキリスト教へとたどり着きます。東京に出て、今日の青山学院に学び、弘前での伝道生活を経て、一八八八（明治二一）年には秋田美以教会（秋田楢山教会の前身）の伝道師となりました。

明治のキリスト教といってもいろいろで、東京英学校、東京英和学校、青山学院と名称の変わっていったミッション・スクールなら、プロテスタントのメソジスト派の流れに乗る学校になりますが、竹内は明治二〇年代のうちにユニテリアンの教えに惹かれていったようです。ユニテリアンの教えは明治二〇年前後から米国経由で日本に広まり、福澤諭吉などは日本の新しい国民道徳の形成に寄与しうる教えとして期待を寄せたくらいですが、そのユニテリアンにはキリスト教でありながらキリスト教を超脱したくらいのところがありました。人間には内なる神が居て、その神とはキリスト教徒ならキリスト教の神と思っているが、たとえば仏教なら人間の内に仏性があると教えているものがそこに重なるだろうということになる。つまり、人類は多様な宗教を持っていて、それぞれの神仏を至高の存在と崇めているけれど、究極的にはそれは唯一のもの（ユニティ）に還元されるという、一種のシンクレティズムでもあれば、新世界宗教的な可能性を宿しているのが、ユニテリアンのたどり着くひとつの考え方となりましょう。その意味で、人間の思考がひとつ究極的に行き着くべきところなのです。

でも竹内はそこで終われませんでした。繰り返せば竹内の青春期はすなわち日本人にとっての価値観のとてつもない流動期であり変革期です。大日本帝国憲法（明治憲法）が発布されたのは一八八九（明治二二）年で、教育勅語が渙発されたのは翌年の一八九〇（明治二三）年、そのまた翌年にキリスト教徒を揺り動かしたのが内村鑑三（一八六一―一九三〇）の不敬事件でした。キリスト者の内村は、キリスト教の神と、日本が天皇中心の国家だと謳う明治憲法、そしてそれを道徳律化した教育勅語とは矛盾しないのか、というところに悩んでしまう。日本国民にとっての絶対者とキリスト教徒にとっての絶対者が別々に現われてくる。しかし絶対者は唯一だから絶対者なので、二つ存在するというならどちらかを選ばないわけにはゆかない。そこで、国家エリートを養成する第一高等中学校（今日の東京大学の一部）の教師であった内村は、キリスト教の神を選んで、教育勅語奉答式で最敬礼を行わなかったとみなされ、不敬事件に発展しました。でも、同じキリスト者のつもりでも、ユニテリアンであればこの難所は突破できなくもありません。本地垂迹説とは違いますが、ユニテリアンなら異なるものが実は同体であるとの論理を持ち込めるからです。人類共通の神の相異なる相と把握すれば、キリスト教の神も天皇もどちらも絶対者と認めて矛盾しなくなる。実はユニティということで解決可能、それでめでたしめでたしになる。が、それでは、日本の国体の特質をあくまで万邦無比として世界人類に同化させたくない国粋主義者は納得しないでしょう。また、世界の現実は、ユニテリアン的な新しい宗教が誕生して世界を包括し、人類がそこに帰一する理想からは、あまりにも遠かったのです。結果、竹内はキリスト者から日本主義者に転じてゆきます。

どういう理屈でそうなるのか。まずは日本の歴史を振り返りましょう。内村の不敬事件から三年後の一八九四（明治二七）年には日清戦争が起きます。日本は苦戦の予想を覆して勝利しますけれど、下関の講和条約で清から割譲されることになった遼東半島を、露独仏の三国による、武力行使も辞さずと脅迫的に行われた大胆な干渉によって、返上するほかなくなり、戦勝国だというのにとてつもない悲哀を味わいます。このような屈辱を受けるのは列強に対抗する国力が足りぬからだと、日本にとっての臥薪嘗胆時代が始まり、一九〇四（明治三七）年からの日露戦争に結びついてゆく。ユニテリアンの理想からほど遠い、弱肉強食の国際社会の論理のもとで、日本はいよいよ本格的に生きていかねばならなくなった。そういう状況を全国民が体験させられるのです。そこには幕末維新期を遥かに凌ぐ苛烈度が伴っていました。三国干渉とは、明治維新以来の日本の努力が世界からあざ笑われるようにも感じられた、近代日本にとって新しく決定的な体験だったのです。歴史はどんどんエスカレートしている――それはすこぶる近代的な実感でした。ユニテリアン的理想が無効化されるのには十分でした。

それだけではありません。西洋近代の啓蒙主義・合理主義によってその確実性をすでに大いに減じつつあった神仏の観念が、いっそうの危殆に瀕してゆくのもこの頃からでした。西洋文明摂取の情況も進展し、やはり明治二〇年代のうちに、チャールズ・ダーウィン（一八〇九―

一八八二）の生物進化論と、人類社会へのその応用版と言えるハーバート・スペンサー（一八二〇—一九〇三）の社会進化論が、日本でも盛んに紹介されるようになっていったのです。神も仏もいない。人間は神々の子孫でも神の創造物でもない。原初的な生物から進化を重ねてきたのが人間だ。優勝劣敗の競争を勝ち残ってきたのが現在の地球上に存在する、人間を含めた生物なのだ。そして進化は今もあらゆる次元で続いている。国家民族が生存をかけて争うのもこれまた進化の過程なのだ。ユニテリアンや仏教の如来蔵思想の考えるように人間に神仏の性質が内在しているとは思われない。すると人間を支えるものはもはや虚無しかないのか。いや、人間がからっぽのはずはない。なぜなら進化論の約束するように人間はまだまだ進化できるはずだからである。人間の内なる神仏は死んだかもしれないが、それゆえに人間が虚無に陥る必要はない。人間の内なる神は人間自身の内なる肯定的かつ進歩的な可能性に置換される。しかも社会進化は、とりあえず国家や民族を単位として、優勝劣敗を決めてゆく、戦争を含めたもろもろの生存競争によって起きる。だから、その過程で淘汰されないように、日本人が勝ち残ってゆくために、とりあえず日本人を強くしていくしか道はない。竹内の思想的展開の理路でしょう。キリスト者が日本主義者になるとはそういうことです。

かくて竹内は、日清戦後二年の一八九七（明治三〇）年、井上哲次郎・元良勇次郎・湯本武比古・木村鷹太郎らとともに大日本協会を結成しました。その思想運動を導いたのは雑誌『日本主義』。同誌に拠る人々は日本主義者と呼ばれましたが、だからといって内実において一枚岩ということではありません。いろいろな日本主義者がいました。たとえば、諸民族の中での日本民族の特殊性を宣揚したい日本主義者もいれば、あくまで諸民族は対等のプレイヤーであり、特別というわけではない日本を生き残らせてゆくにはどうすればよいかをリアリズムで考えようとする日本主義者もいました。キリスト教と進化論を経た竹内の態度は、むろん後者に属すると考えられるでしょう。

日本主義から催眠術へ

そんな竹内は、雑誌『日本主義』への関与を比較的に早く低めていきますが、それは具体的には一八九九（明治三二）年に喜田貞吉の後を受けて旧制成田中学の校長に就任したこととも関係があったでしょう。キリスト教会の伝道師でもあった竹内は、日本主義を唱えても結局、人間一人ひとりの問題に帰ってきてしまう人でした。人間の内なる神も内なる進化・進歩の可能性も、人間個々に内在しているのであって、いくら人類とか民族とかの単位で考えたとしても、ついにはひとりひとりの問題にしかならない。極端な言い方をすれば日本人にも中国人にもイギリス人にもアメリカ人にも、進化できる人とできない人がいるのです。日本主義だろうがユニテリアン主義だろうが、とどのつまりは個々人が高まれるか進化できるかそうでないかということに尽きる。人と人とが一対一で向き合う教育の現場に竹内の生きたい場所があった。それが竹内流でありました。ともかく、ひとりでも多くの日本人が人間の内なる可能性を大きく開花させられれば、日本民族の進化の夢もはじめて広がってゆくことになる。そこで竹内が目を付けるに至ったのは、なんと催眠術でした。日露戦争の開戦前年の一九〇三（明治三六）年に『催眠術自在』『実用催眠学』等を、翌一九〇四（明治三七）年に『催眠術治療自在』『催眠術矯癖自在』『動物催眠術』等を、どれも西洋の催眠術や心理学に関する多くの書物にタネを求めながら、立て続けに著して、竹内はこの国に催眠術ブームを巻き起こしたのです。

なぜ、催眠術？　人間の能力を最大化し、進化の速度を上げてゆくために、まず考えられるのはむろん教育です。だから竹内は教えを説く伝道師や校長先生の仕事に生きがいを見出した。西洋列強諸国は教育水準が高いから列強たりえていると言うこともできる。追いつき追い越せである。でも普通にやっていては、同じ人間が同じようにやっていては、後発の人々は先発の人々にいつまでも追いつかないということもある。日本のような後発国は西洋以上に特別な手立てに注意を払うべきなのだ。たとえば人間の能力の開発の仕方を変えてみるというのはどうか。人間には普段は眠っていてなかなか表に引きずり出されてこない潜在力があるのではないか。それをなるたけ短期間に最大限に覚醒させて活用してゆくには「無意識」に働きかけることがいちばん手っ取り早いのではないか。西洋ではこの領域の研究が進んでいる。それを吸収して応用することが日本人にはどうしても必要だ。ウィーンの精神医学者、ジークムント・フロイト（一八五六―一九三九）が『夢判断』を著したのは一九〇〇年です。竹内の著書『催眠術自在』にはもうフロイトの名も挙げられています。無意識の領域に眠る潜在的な人間の能力を意識の上に引き出せれば、あるいは無意識の中で歪んで押し込められて人間の心理や行動にブレーキを働かせている負のエネルギーを除去できれば、その人にはできない、向いていないと思われていたことが、きっとたくさんできるようになり、その人の能力は著しく拡大するかもしれない。催眠術によって人間が劇的に進化しうる。ある人に催眠術をかけて催眠状態に陥って施術者の言いなりになる状態にしたうえで暗示を与えると、術が解けたあとも暗示が効力を発揮して、できなかったことができるようになっている。その要領を研究していけば、人間の眠れる多くの能力が顕在化して自由に使えるようになり、それが人間個々の全的能力の向上に資することになるのはあまりに明白ではなかろうか。そうやって人間は進歩し、民族は進化しうる。こうした興味が竹内を西洋近代の催眠術の紹介と批評に駆り立てたのでした。

しかし竹内が起爆剤となり、一九〇四年には竹内自ら「心理学催眠学大家」と名乗って主筆となって月刊誌『催眠術』を刊行し、日本に巻き起こしたと解釈できる「催眠術ブーム」は、どんどん過熱して大衆煽動的ジャーナリズム（それは戦時の狂熱とともに飛躍的に発達した媒体でありましょう）にとっての好個の材料ともなりました。「千里眼」を駆使すると称された御船千鶴子や長尾郁子、彼女らを研究材料に人間に透視能力を持つ者があると実証しようとした心理学者、福来友吉らを主人公とする「千里眼事件」につながってゆきました。たとえば御船千鶴子が「千里眼」の能力を発揮しだすのは日露戦争下です。身内に催眠術をかけられて「千里眼」の能力があると暗示を与えられ、そうしたらその通りに「千里眼」で遠い日露戦争の現場の状況を言い当てられるようになって、評判が広まったと言います。実は、「催眠術ブーム」と、のちの世の言葉を使えば「超能力ブーム」を結びつけることに大きく寄与したのも竹内でした。彼は『近世天眼通実験研究』を一九〇三年一〇月に刊行しているのです。「天眼通」は「千里眼」と同義になります。竹内の言葉を序文から引きましょう。

「元来今日の科学的智識と称するものは、無限無辺なる宇宙の一小部分に関する吾人が経験の概括に過ぎないのである。だから今日の科学的智識の範囲に属しない事といへども、必ずしも無いとは断定することが出来ない」

科学技術があらゆる領域にわたってきわめて足早に進歩して、昨日まで非科学的とされたものが今日には実証され、技術的に不可能とされてきたものが明日には実現されるということがしげく繰り返されている一九〇〇年前後の時代に、この竹内の言い方は一種の殺し文句だったのです。そもそもこの殺し文句が信じられなければ、ひとりの人間が生きて働いている何十年かのあいだに、世の中の光景がずんずん変容して、幼少期には不可能とされていたことが壮年期・老年期には当たり前となる現実を受け入れられもしなければ、スペンサーの社会進化論にしたがって文明の加速度的進歩を思い描くこともできないでしょう。

たとえば竹内と同年齢の夏目漱石は一九〇〇（明治三三）年にロンドンに留学しますが、その頃はアーサー・コナン・ドイル（一八五九―一九三〇）が「シャーロック・ホームズ物」を書いていています。その作家はもともと医学者であって、のちにスピリチュアリズムに傾倒していくのですけれども、そのことを、科学から魔法へ、合理から非合理へ、と転じたと考えてはわけが分からなくなります。一九世紀に電気についての科学と技術が急激に発達すると、精神や心霊や思考といった言葉でとらえられていた、目に実態としてはつかまえられない、まさに見えざる領域は、電気的な現象として説明がやがてつくのではないかと考えられはじめました。心霊現象は、魔法や超科学ではなく、近々、科学として理解され、あの世との交信も無線通信のように行えるのではないかと思ったところから、「心霊科学」が抬頭し、コナン・ドイルのような、最新の科学的知識を応用して創作する推理小説家が、最先端の科学とも信じられなくもなく、将来は本格的な科学になりうると期待されてもいた「心霊科学」にのめりこんでいったわけです。

とはいえ、いつの時代にもそのときなりの境界域、すなわち合理的か非合理的かの境目は存在するもので、科学者もその周囲に居る者も、どこまであちら側に踏み込むかは賭けになってきます。竹内は自ら「催眠術ブーム」を巻き起こしたものの、催眠術をかければ人間に内在する超能力が御船千鶴子の「千里眼」のように多くの人間に開花するとまでは信じられず、かなり留保をつけていこうとしました。「千里眼ブーム」に世の中が沸いていた一九一〇（明治四三）年に『催眠術の危険』を著したのはその端的証拠でしょう。催眠術を心理学の発達に従わせ、正しい科学の線上に導いていこうとするのが「催眠術ブーム」に火をつけた当初からの竹内の態度ですけれども、やはりそこでの問題は人間の心にどれだけの可能性が内在していて内在していないのかということに尽きてくるでしょう。ユニテリアンのように人間には神が、仏教のように人間には仏性が宿っているとすれば、神仏は三次元世界を超越しているので、凡夫にとっては奇跡としか思えぬ事柄もいくらでも可能になるわけですけれども、ダーウィンやスペンサー流の「当世風」の思考に乗っかれば、そういう論法は成り立たないでしょう。アメーバのような原初的生命体の次元から人間になるまで積み増して進化して、精神も豊かにさせてきたのが生命の歴史であって（そのことを竹内は、原生動物から人間までの壮大な精神発達史と言える、一九〇四年の著書『動物の心』で論じています）、現在までの進化の過程で、まだ積み増されていない部分が、既に生命に内在しているわけはなく、ないものは無意識にもないのでしょうから、催眠術をかけても現れようはありません。現れると思えたら、それは錯覚や病気なのでしょう。錯覚や病気を進化と信じれば迷妄の世界に落ちるのです。竹内の筆が微妙になってくるのはこのあたりの問題についてです。

竹内は『催眠術の危険』と同年に『千里眼』という著書を刊行していますが、そこでは決して「千里眼」を否定してはいません。御船千鶴子らに何らかの「千里眼」的能力があり、西洋においても類似例が真面目に認められる事実を考えれば、それはないとはいえない。ただ、超能力をはじめとする「超人的能力」が人間に内在していると素朴に信じ、催眠術でもうまくいければ、記憶力や思考力や洞察力が高まったり、不思議な能力が突然発現したりすると思い込むのは危険である。人間に内在する能力に対してのあまりの買い被りである。そのあたりが明治四〇年代以降の竹内の思想的立場の落としどころになってくるのです。とにかく、内在していないものは新たに獲得されねばならない。内在しているものを引き出すよりも外在しているものを取り込むことに、進化して生存競争を生き残るために、深く考えられるべき、より正しい道がある。「千里眼」が獲得されるとしても、それは高度な修養生活の結果としてありうるというくらいに考えるのが妥当であろう。人間が精神的存在として進化してゆければ、透視や念力を獲得することがないとはいえない。現今の科学では超能力を物理学的に証するのは難しいにしても、未来の科学なら超能力を合理的に基礎づけられるかもしれない。現段階では分からない。が、いずれにせよ、人間の精神を高めて、進歩させ、大胆な進化を促し、超能力はともかく、精神の水準を著しく高めなければならぬ頃合いを待ったなしで迎えているのが、神なき近代という時代なのである。それが竹内の認識というものでしょう。かくして、そのための方途を探るのが竹内のその後の課題になってゆくのです。心に既に内在するものへの無際限な期待を前提とする催眠術の世界と決別し、人間の心にまだ備わっていない高次の思念を今後の人間が如何に獲得できるのかという問題に集中してゆく。竹内が最後にこだわったのはそこです。

北一輝とシュタイナー

人間が今まさに社会進化論的な意味での進化のプロセスをたどっている。超能力の問題はともかくとして、哲学的、道徳的、倫理的、自然科学的、技術的、文化的、芸術的には、進歩の歩みを加速度的に、劇的に高めてゆく段階を迎えているのが今次の人間というものである。そういったところが、日露戦争後に固まっていった、言わば「後期竹内」の考え方であるとすれば、竹内より一五歳年下になる北一輝（一八八三―一九三七）が、その竹内と何やら同時代的存在として思い起こされるかもしれません。北は『国体論及び純正社会主義』という大著を一九〇六（明治三九）年に自費出版していますが、この本の「国体」と「社会主義」に並ぶ大テーマは生物進化論と社会進化論をまぜこぜにしたかたちでの「進化」に他なりません。青春を懸けたとてつもないこの大著で、北は、人類がいま急激に進化の度合いを高めてゆく一種の最終段階に入っており、具体的には人から神についに進化しようとしているのであり、日本人もその流れについていかねばならず、そうして国家民族の生き残りをはかり、ひいては生存競争の頂点を目指さねばならないと主張しました。そのための具体的方途としては、フランシス・ゴルトン（一八二二―一九一一）が提唱した優生学的な方法の大胆な実践が説かれるのです。そうやって優れた日本人を増やす。神話的ヴィジョンも交えながら、日本人の中での激しい淘汰の末に日本人が神に近づいていく物語がほとんど空想科学小説的に物語られます。優勝劣敗で、劣った民族や個体が淘汰され、そして哲人政治的な、人類全体のリーダーに立つような――『真理探究者たち』でいう森田主義的な――優れた人間が育ち、その人々がまた優れた人間を殖やし、人が神になってゆくことを、北は夢想します。霊的なものや超自然的なものの力を借りずとも、生物進化論と社会進化論と優生学を組み合わせれば、日本人は人類の先駆けとして神類に進化してゆけると考えたのです。

このような北の『国体論及び純正社会主義』は、進化論が日本の政治思想・社会思想に及ぼした最も極端な部類の代表例でしょう。そして北のこの書物は同時代の竹内と似た難関を抱えてもおります。竹内なら超能力を得ることが近未来の科学で人間進化の一コマとして説明されるようになるのか否かにどうしても引っ掛かりを覚えながら「催眠術ブーム」を牽引し、『千里眼』を著すに至るのですが、北の場合は人間が超人や神に進化するとの、たとえばオーギュスト・コント（一七九八―一八五七）も抱いたようなヴィジョンが、二〇世紀の科学によってどこまで保たれるのか、あるいは荒唐無稽ということになるのかが「渾身の主著」の内容的寿命と絡んでくるわけです。結局、一九〇七年にはまだそれらしくもあったかもしれない議論が一九一〇年代の内には空想的に過ぎるものに転落してしまうわけですけれど。竹内もその種の試行錯誤を繰り返しながら、そして過去のものとなった「催眠術ブーム」を内に背負いながら、大正期を歩み続け、ついに『真理探究者たち』に至ったわけでしょう。その登場人物たちは、無意識に眠っていたものの開花や、神秘体験や、血の交配によって、人間として高まってゆくわけではありません。ひとりひとりが学芸に親しみながら、集いながら、理性と感性を駆使した日々の営みの中で、精神を高め合おうとするのです。しかもそこには民族の競争、戦争の殺戮といった優勝劣敗の殺し合いで生き残る、といった北一輝的ヴィジョンは絡んできません。そこに同じく進化論に影響されたといっても、竹内と北を隔てる決定的な違いがあります。だけれども、人間が進化していく過程にあり、その進化のスピードをますます早めねばならないのだと、何か駆り立てられるような使命感がふたりを満たしているところには、進化論流行時代の思想としてのまぎれもない共通点が認められるでしょう。

そう、人間は進化の極点へと、戦争を通じてか、学芸的修養を通じてか、高まってゆかねばならない。若き日の北が人間を高めるためにこだわったのは優生学でしたが、晩年の竹内はというと、『真理探究者たち』の内容にも明らかなように、広い意味での学芸であり、舞踊や音楽や演劇でした。哲学や文学よりも身体的なものが強く作用している。これがもう本書の監訳者である岩下眞好先生好みでもあったのです。岩下先生が本書を発掘し再発見したのは何かの運命でしょう。竹内は、たとえば一九一一（明治四四）年に『簡易実行心身強壮術』を著して、真理を追い求めて人間の精神の水準を高めるためには、机上で思考したり、観念的な対話や議論ばかりしたりしているべきではないことを強調しており、そこにはむろん人間の身体性への強い関心が認められます。身体性と言ってもそれは精神性との均衡を常に問題とするもので、獣心や獣欲への傾き、野獣主義的な傾向は強く戒められるのですが。『真理探究者たち』には、獣のように女性への欲望をつのらせる男性が登場しますが、彼は竹内が強く意識していた憎むべき人間類型なのでしょうし、きっと日本の現実の中に、竹内の身近によく知る具体的なモデルが居たに違いありません。

ところで、主たる登場人物が身体によって、とりわけ舞踊と音楽によって覚醒していくという『真理探究者たち』を貫くイメージはどこに由来しているのでしょうか。若き日の学校生活やプロテスタントの伝道師の頃の経験も生きているのかもしれませんけれど、驚くほどの勉強家で、最新の洋書に親しむことを常に忘れなかった竹内は、彼なりに欧州の思潮の変遷、文化芸術の動向に敏感に反応し続けながら、『真理探究者たち』を構想し、執筆していたのかと思われます。たとえばエーミール・ジャック＝ダルクローズ（一八六五―一九五〇）の音楽と舞踊を一体化させた教育システムや、マリー・ヴィグマン（一八八六―一九七三）の「ノイエタンツ」ですが、さらには、哲学者・神秘思想家のルドルフ・シュタイナー（一八六一―一九二五）も想起されてくるのではないでしょうか。当時、シュタイナーも日本に紹介され始めた時期であり、大川周明（一八八六―一九五七）もその影響を大きく受けていました。シュタイナーの『三重組織の国家』が、大隈重信（一八三八―一九二二）の創設した大日本文明協会から、坂本清の訳に浮田和民の解説を付して出版されたのは一九二二（大正一一）年のことです。

さて、シュタイナーといえばオイリュトミー（Eurythmie）。思想と音楽と舞踊と演劇をまさに一体化させた、一種の総合芸術にして人間精神の総合教育の方法です。それに参加する人間の知力と感覚力を磨いて、人間をより高次の存在に高めていこうとする。そのころ、ロシアの作曲家アレクサンドル・スクリャービン（一八七二―一九一五）は、神智学を提唱したブラヴァツキー夫人（一八三一―一八九一）の影響で、音楽によって人間の精神的次元を高めていける術を打ち立てようとしましたが、神智学に含まれるどうしても霊的で非合理ともいえる要素をつとめて排除しようとし、神智学から独立したのがシュタイナーで、その遍歴は竹内とどこか似たところがなくもありません。『真理探究者たち』とシュタイナー思想のあいだに直接的な関係を見つけるのは困難かもしれませんが、ドイツへ留学して直接シュタイナーに会い、シュタイナーの思想を紹介していた教育者の隈本有尚《ありひさ》（一八六〇―一九四三）は、雑誌『日本主義』に寄稿していました。竹内はシュタイナー思想とどこかで接点をもったのかもしれません。

「霊山の丘」と「真理の山」

日露戦争が終わった次の年の一九〇六（明治三九）年、竹内は『楽天哲学　人生達観』を著し、そこで「知力が或る程度以上に発達すれば必然的に理想が起こり、何か一つの理想が起これば之を実現せずして止まないのが人間の本性である」と述べています。知力の発達↓理想への目覚め↓実現への努力↓知力の高まり↓さらなる理想へ。こういう螺旋状の過程の無限なる反復と上昇のプロセスとして、竹内の進歩思想はかたちを結ぶ。『千里眼』を著して、人間の超能力獲得の夢にもなお際どくとどまろうとする、その四年前の書物ですが、竹内の日露戦争後の思想の展開のひとつの里程標として、『楽天哲学　人生達観』は位置づけられるでしょう。無意識から出てくるものに頼るのではなく、外と触れ合う修養生活にしたがって、自らの進歩に努めるということです。

この『楽天哲学　人生達観』で言われる理想とは、真理と言い換えても大差ないかと思われます。人間が能力を高めるとは、理想を追求することであり、真理を探究することであって、そしてその真理の探究の道は果てしない。そして、人間が真理を探究してたゆみなく前進する姿は、東洋でもですが、特に近代西洋では登山のイメージと重ね合わされがちです。頂上まで登って単純に完成ということではなく、頂上の先には次の頂上があるのであって、無限の道のりをのぼり続ける。見えたと思った真理に向かってゆくと、次の真理が見えてくる。高山の彼方にさらなる高山がある。真理は永遠に探究されるものだ。そんな真理探究の到達点がどうして示されようか。示せるのはただ真理に向かえということのみである。ベクトルだけである。真理に向かおうとする語らいはやはり山でなされるのがよい。『真理探究者たち』でも、真の真理探究のための導師は山——「霊山の丘」——に住んでいるし、真理探究者たちは山に集う。この竹内のヴィジョンは、ありがちと言えばありがちなのかもしれませんが、岩下先生は、スイスのアスコーナのモネッシャの丘と何か関連性があるのではないかと推測なさっていました。一九〇〇年にその丘は、現代文明の超克を志す、さまざまな国々の青年たちによって「真理の山（モンテ・ヴェリタ）」と名付けられ、以来、真理探究を志す人々が夏に集うところと観念されるようになって、次第に文化的名所と化し、ワグネリアンや菜食主義者、無政府社会主義者やトルストイ主義者、ダダイストやフェミニスト、神智学（つまりヴラヴァツキー主義者）や人智学（つまりシュタイナー主義者）の徒、あるいは詩人、小説家、音楽家、舞踊家が訪れて、新時代を切り開く価値の発現地たることを期待されました。ジャック＝ダルクローズやJ・V・ヴィートマン（一八四二—一九一一）やイサドラ・ダンカン（一八七七—一九二七）、ピョートル・クロポトキン（一八四二―一九二一）やヘルマン・ヘッセ（一八七七―一九六二）やD・H・ロレンス（一八八五―一九三〇）が一九〇〇年代から一九一〇年代に「真理の山」に滞在することがあったのです。『真理探究者たち』の森田翁に相当する人物は「真理の山」には居なかったでしょうが、竹内が「真理の山」の何かを知って考えるヒントにしたというのは、如何にもありそうな話です。

スイスの「真理の山」には、新しい世界を切り開こうとする理想を抱いていることが共通する以外は、あまりに相異なる人々が集まりましたが、『真理探究者たち』の「霊山の丘」をめぐる物語にも、不必要なほど多いようにも思える登場人物が次から次へと現れ、真理についてそれぞれがさまざまな議論を展開していきます。その解決を期待されて、くりかえしくりかえし、名ばかりが現れるのは、森田という老人です。この作品を読む人は誰でも、彼が一体どんな真理を知っていて、それを登場人物や我々読者に指し示してくれるのかという期待を抱かずにはいられなくなるでしょう。しかしいくら読み進めていっても、いつまでも肩透かしのような状態が続き、最後に老人のところにたどり着いてみても、結局のところその真理は何も明らかにはされません。真理とは何か。具体的な内容を知ろうと望むのはこの小説の読み方としては邪道なのでしょう。観念におぼれず、舞踊や音楽による身体的実践、まさに身体的知とつながりながら、真理は日々に発見され、更新されてゆくもので、そうやって人間が不断に成長してゆくことで、人類の進化も果たされてゆくのでしょう。そのベクトルを示すこと。真理を探究する生き方、人生の過ごし方、時間と空間との付き合い方を明らかにすること。それがこの小説の目的であって、真理そのものは不可知のかなたに置かれたままです。それは我々が際限ない探究に命を懸けていかねばならないことであって、この小説が教えてくれることでは決してありません。真理は彼方にある不可知のものとして頁のないところにしか書かれていないのです。それを読む能力を身に着けることが、真理探究の先駆けたるこの小説の何人かの登場人物に続くであろう、未来の人類に期待されているのです。

竹内は、自身のたどりついた真理についてのこの最終的なヴィジョンを、どうしても世界人類に書き残したいと思い、「世界で最も偉大で最も進歩した精神的著作がドイツ語で書かれ」(本文)ていることを踏まえ、本書をドイツ語によって残したのでした。というか、ドイツ語教師である登場人物が語るように、真理を不断に目指す、うねうねとした持続的な思考と行為を表現するための最適言語はドイツ語であるという信念が、竹内には深く存在したのです。この小説の登場人物のかなりは竹内の分身ではないかと推測されるのですが、とりわけドイツ語の徒(木村)は、催眠術の紹介者を経て、主にドイツ語講師として生計を立てるようになっていった竹内自身に最も重なる存在かと思われます。

だから本書はどうしてもドイツ語でなければならなかった。翻訳可能な小説のつもりでは、竹内としては恐らくなかった。でも日本語でも読めなければ仕方ないでしょう。内村鑑三や岡倉天心や新渡戸稲造の英語著作が優れた日本語訳によって日本近代の思想書の古典になったように、竹内楠三のドイツ語著作もまた、ドイツで刊行されてからは遥かに遅れたとはいえ、この国の書棚にこの国の言葉でついに並ぶことになりました。岩下先生とお弟子さんたちの御陰です。

竹内の人生には未知の部分がとても多く、それが少しでも分かってゆけば、本書の読み方もさまざまに深まり広がるでしょう。どうか日本近代の理解に欠かせぬ書物とされてゆきますように。

付記

二〇一六年十二月十五日、本書の訳者である岩下眞好先生は、その刊行を見ることなく亡くなられた。六十六歳であった。竹内の小説の訳文と先生の「あとがき」はほぼ完成しており、すでに二〇一五年三月の時点で初校の段階まで進んでいた。このたび、残されたこれらの文書に適宜修正を加え、さらに、インタビューを基に片山杜秀先生にご執筆いただいた解説を付した形で刊行させていただくこととなった。岩下先生の校正作業は、竹内の小説およびゾルフによる序文を橘が担当し、「監訳者あとがき」は、ご夫人であり、先生の文章のことを一番よく知る久美子さんにお任せした。竹内によるドイツ語の原文を改めて確認しながらの作業となった訳文の校正だが、「監訳者あとがき」にもある通り、数名が分担して訳出したものを先生が取りまとめてでき上がった文書であったため、とりわけ訳語や文体の統一という点でいまだ問題が散見された。久美子さんや片山先生からは、訳文についてはお任せします、とのお言葉をいただいていたので、こうした箇所は筆者の責任で修正した。内容に関わる変更はほとんどない。

岩下先生の「監訳者あとがき」を読まれた方はすでにお気づきかもしれないが、先生がこの文章を書かれた二〇一五年二月の時点では、本書は別の形での出版を予定していた。まず始めに片山杜秀先生に導入的な説明をしていただき、その後に竹内の小説、そして最後に岩下先生の「あとがき」、という形である。その後、編集上の都合などもあり、今の形、すなわち、竹内の小説をメインにした形で出版するというご提案を出版会からいただいた。この小説をいわば再発見し、教え子たちとの協同作業によって完訳させた岩下先生が、当初望んでいたのもおそらくこの形であっただろう。出版会のご提案に、ご夫人の久美子さんも喜んでくださった。この変更に合わせて、岩下先生の「あとがき」を一部修正すべきかどうかも検討されたが、久美子さんのご意向もあり、ほぼそのままの形で掲載させていただくことにした。

久美子さんより、先生が遺した竹内の仕事を完成させてくれないか、とのお話をいただいたのは、先生が亡くなられてから間もなく、二〇一七年三月のことである。学部一年のとき初級ドイツ語を教わって以来お世話になっていた岩下先生になんとかご恩返しができればとの思いでお引き受けしてから、七年以上が過ぎてしまった。刊行までにこれだけの時間を要してしまったことに対して、本書の出版に関わった多くの方々に心よりお詫び申し上げる。とりわけ久美子さん、資料が限られている中、大変興味深い解説をご執筆くださった片山先生、そして、生前の岩下先生の下、実際に翻訳に取り組んだ岩下ゼミの卒業生の方々には多大なるご心配をおかけした。筆者自身、翻訳作業を一部お手伝いさせていただく機会があり、その際、岩下ゼミの雰囲気を味わうことができた。ゼミ生たちと先生の並々ならぬ熱意によって、筆者も緊張感を強いられ、毎回作業が終わった後は、達成感とともに多少の疲れを感じたことをよく憶えている。でき上がった訳文が、こうした熱気を読者にも伝えながら、新たな探究への刺激となれば幸いである。

最後になったが、作業の大幅な遅れにもかかわらず辛抱強くご協力下さった慶應義塾大学出版会の奥田詠二さんには、この場を借りて厚く御礼申し上げる。

二〇二四年八月

橘　宏亮

[著者]

竹内楠三（たけうち なんぞう／くすぞう）

明治〜大正期の啓蒙家。1867年三重県生まれ。青山学院中退後、東京自由神学校入学。多元的宗教論にたつキリスト教の教派「ユニテリアン」運動に携わる。1891年頃からドイツ語、フランス語の私塾を開き、その後催眠術、千里眼、動物磁気学など、今日では「オカルト」と目される分野で数多くの書を著す。1903年出版の『学理応用　催眠術自在』は、その後33版を重ねる大ヒット作となった。『人生達観　厭世哲学』『ショーペンハウエル恋愛哲学』などドイツ哲学に関する著作も多い。1899年から旧制成田中学校の校長を務める。1920年に一切の教育活動から手を引き、本書＝小説『真理探究者たち』の執筆にとりかかるが、翌21年に病没。小説は未完だったが、1923年にドイツの出版社から刊行された。

[監訳者]

岩下眞好（いわした まさよし）

慶應義塾大学名誉教授。ドイツ文学者、音楽評論家。1950年生まれ。1979年慶應義塾大学大学院文学研究科博士課程単位取得退学。慶應義塾大学法学部専任講師、助教授を経て1999年より2016年まで慶應義塾大学法学部教授。2016年歿。著書に『ウィーン国立歌劇場』（音楽之友社）、『マーラー　その交響的宇宙』（同）。訳書に『破滅者』（みすず書房）ほか多数。

真理探究者たち
——ある日本人の対話と省察

2024年10月10日　初版第1刷発行

著　者————竹内楠三
監訳者————岩下眞好
発行者————大野友寛
発行所————慶應義塾大学出版会株式会社
〒108-8346　東京都港区三田2-19-30
TEL　〔編集部〕03-3451-0931
〔営業部〕03-3451-3584〈ご注文〉
〔　〃　〕03-3451-6926
FAX　〔営業部〕03-3451-3122
振替　00190-8-155497
https://www.keio-up.co.jp/
装　丁————鈴木　衛
印刷・製本——株式会社理想社
カバー印刷——株式会社太平印刷社

Printed in Japan ISBN 978-4-7664-2687-8